I GRANDI TASCABILI
OPERE DI MORAVIA
245

Opere di Moravia

Alberto Moravia

Agostino

BOMPIANI

ISBN 88-452-0678-5

© 1945 Gruppo Editoriale Fabbri, Bompiani, Sonzogno, Etas S.p.A.
Via Mecenate 91 - Milano

II edizione "I Grandi Tascabili" gennaio 1993

Nei primi giorni d'estate, Agostino e sua madre uscivano tutte le mattine sul mare in patino. Le prime volte la madre aveva fatto venire anche un marinaio, ma Agostino aveva mostrato per cosí chiari segni che la presenza dell'uomo l'annoiava, che da allora i remi furono affidati a lui. Egli remava con un piacere profondo su quel mare calmo e diafano del primo mattino e la madre seduta di fronte a lui, gli discorreva pianamente, lieta e serena come il mare e il cielo, proprio come se lui fosse stato un uomo e non un ragazzo di tredici anni. La madre di Agostino era una grande e bella donna ancora nel fiore degli anni; e Agostino provava un sentimento di fierezza ogni volta che si imbarcava con lei per una di quelle gite mattutine. Gli pareva che tutti i bagnanti della spiaggia li osservassero ammirando sua madre e invidiando lui; convinto di avere addosso tutti gli sguardi, gli sembrava di parlare con una voce piú forte del solito, di gestire in una maniera particolare, di essere avvolto da un'aria teatrale ed esemplare come se invece che sopra una spiaggia, si fosse trovato con la madre sopra una ribalta, sotto gli occhi attenti di centinaia di spettatori. Talvolta la madre si presentava in un costume nuovo; e lui non poteva fare a meno di notarlo ad alta voce, con desiderio segreto che altri lo udisse; oppure lo mandava a prendere qualche oggetto nella cabina restando ritta in piedi sulla riva presso il patino. Egli obbediva con una gioia segreta, contento di prolungare sia pure di pochi momenti lo spettacolo della loro partenza. Finalmente salivano sul patino, Agostino si impadroniva dei remi e lo spingeva al largo. Ma ancora a lungo restavano nel suo animo il turbamento e l'infatuazione di questa sua filiale vanità.

Come si trovavano a gran distanza dalla riva, la madre diceva al figlio di fermarsi, si metteva in capo la cuffia di gomma, si toglieva i sandali e scivolava in acqua. Agostino la seguiva. Ambedue nuotavano intorno al patino abbandonato coi remi penzolanti, parlando lietamente con voci che suonavano alte nel silenzio del mare piatto e pieno di luce. Talvolta la madre indicava un pezzo di sughero galleggiante a qualche distanza e sfidava il figlio a raggiungerlo a nuoto. Ella concedeva al figlio un metro di vantaggio; poi, a grandi bracciate, si slanciavano verso il sughero. Oppure gareggiavano a tuffarsi dal sedile del patino. L'acqua liscia e pallida si squarciava sotto i loro tuffi. Agostino vedeva il corpo della madre inabissarsi circonfuso di un verde ribollimento e subito le si slanciava dietro, con desiderio di seguirla ovunque, anche in fondo al mare. Si gettava nella scia materna e gli pareva che anche l'acqua cosí fredda e unita serbasse la traccia del passaggio di quel corpo amato. Finito il bagno, risalivano sul patino e la madre guardando intorno al mare calmo e luminoso diceva: « Come è bello, nevvero? ». Agostino non rispondeva perché sentiva che il godimento di quella bellezza del mare e del cielo, egli lo doveva soprattutto all'intimità profonda in cui erano immersi i suoi rapporti con sua madre. Non ci fosse stata questa intimità, gli accadeva talvolta di pensare, che sarebbe rimasto di questa bellezza? Restavano ancora a lungo ad asciugarsi, nel sole che, avvicinandosi il mezzodí, si faceva piú ardente; poi la madre si distendeva sulla traversa che univa le due navicelle del patino e supina, i capelli nell'acqua, il viso rivolto al cielo, gli occhi chiusi, pareva assopirsi; mentre Agostino, seduto sul banco, si guardava intorno, guardava la madre e non fiatava per timore di turbare quel sonno. Ad un tratto la madre apriva gli occhi e diceva che era un piacere nuovo stare distesa sul dorso con gli occhi chiusi, sentendo l'acqua trascorrere e ondeggiare sotto la schiena; oppure domandava ad Agostino che le porgesse il portasigarette; o meglio che accendesse lui stesso la sigaretta e gliela desse; tutte cose che Agostino eseguiva con compunta e trepida attenzione. Quindi la madre fumava in silenzio e Agostino se ne stava chino, voltandole le spalle ma con la testa girata di fianco, in modo da poter vedere le nuvolette di fumo azzurro che indicavano il luogo dove la testa della madre riposava, i capelli sparsi nell'acqua. Ancora, la madre che non sembrava mai saziarsi del sole, pregava Agostino di remare e di non voltarsi: intanto lei si sarebbe tolto il reggipetto e abbassato il costume sul ventre in modo da esporre tutto il corpo alla luce solare. Agostino remava e si sentiva fiero di questa incombenza come di un rito a cui gli fosse concesso di partecipare. E non soltanto non gli veniva in mente di voltarsi, ma sentiva quel corpo, là dietro di lui, nudo al sole, come avvolto in un mistero cui doveva la massima venerazione.

Una mattina la madre si trovava sotto l'ombrellone, e Agostino seduto sulla rena accanto a lei, aspettava che venisse la solita ora della gita in mare. Tutto ad un tratto l'ombra di una persona ritta parò il sole davanti a lui: levati gli occhi, vide un giovane bruno e adusto che tendeva la mano alla madre. Non ci fece caso pensando ad una delle solite visite casuali; e, tiratosi un po' da parte, aspettò che la conversazione fosse finita. Ma il giovane non sedette come gli era proposto, e indicando sulla riva il patino bianco con il quale era venuto, invitò la madre per una passeggiata in mare. Agostino era sicuro che la madre avrebbe rifiutato questo come tanti altri simili inviti precedenti; grande perciò fu la sua sorpresa vedendola subito accettare, cominciare senz'altro a radunare la roba, i sandali, la cuffia, la borsa, e poi levarsi in piedi. La madre aveva accolto la proposta del giovane con una semplicità affabile e spontanea in tutto simile a quella che metteva nei rapporti con il figlio; con la stessa semplicità e spontaneità, volgendosi ad Agostino che era rimasto seduto e badava, a testa china, a far scorrere la rena nel pugno chiuso, ella gli disse che facesse pure il bagno da solo, lei andava per un breve giro e sarebbe tornata tra non molto. Il giovane intanto, come sicuro del fatto suo, già si avviava verso il patino; e la donna docilmente si incamminò dietro di lui con la solita lentezza maestosa e serena. Il figlio, guardandoli, non poté fare a meno di dirsi che quella fierezza, quella vanità, quell'emozione che provava durante le loro partenze per il mare, adesso dovevano essere nell'animo di quel giovane. Vide la madre salire sul patino e il giovane, tirando indietro il corpo e puntando i piedi contro il fondo, con poche remate vigorose portare l'imbarcazione fuori dell'acqua bassa della riva. Il giovane remava, la madre di fronte a lui si teneva con le due mani al sedile e pareva chiacchierare. Poi il patino gradualmente rimpicciolí, entrò nella luce abbagliante che il sole spandeva sulla superficie del mare e in essa lentamente si dissolse.

Rimasto solo, Agostino si distese nella sedia a sdraio di sua madre e un braccio sotto la nuca, gli occhi rivolti al cielo, assunse un atteggiamento riflessivo e indifferente. Gli pareva che, come tutti i bagnanti della spiaggia dovevano aver notato nei giorni passati le sue partenze con sua madre, cosí, allo stesso modo, non potesse esser loro sfuggito che quel giorno la madre l'aveva lasciato a terra per andarsene con il giovane del patino. Per questo egli non doveva assolutamente mostrare i sentimenti di disappunto e di delusione che l'amareggiavano. Ma per quanto cercasse di darsi un'aria di compostezza e di serenità, gli sembrava egualmente che tutti dovessero leggergli in viso l'inconsistenza e lo sforzo di questo atteggiamento. Ciò che lo offendeva di piú non era tanto il fatto che la madre gli avesse preferito il giovane, quanto la felicità gioiosa, sollecita, come premeditata con la quale aveva accettato l'invito. Era come se ella avesse deciso dentro di sé di non lasciarsi sfuggire l'occasione; e, appena si presentasse, di coglierla senza esitare. Era come se ella durante tutti quei giorni in cui era uscita in mare con lui, si fosse sempre annoiata; e non ci fosse venuta che in mancanza di compagnia migliore. Un ricordo confermava questo suo malumore. Era accaduto ad un ballo in una casa amica a cui si era recato insieme con sua madre. Con loro si trovava una sua cugina che durante i primi giri, disperata di vedersi negletta dai ballerini, aveva accettato un paio di volte di andare con lui, ragazzo dai pantaloni corti. Ma aveva ballato di malagrazia, con un viso lungo e pieno di scontento; e Agostino, sebbene assorto a sorvegliare i propri passi, si era presto accorto di questo sdegnoso e per lui poco lusinghiero stato d'animo. Tuttavia l'aveva invitata una terza volta; e si era molto stupito di vederla ad un tratto sorridere e alzarsi sollecitamente dandosi con le due mani un colpo alla gonna spiegazzata. Soltanto, invece di corrergli tra le braccia, la cugina lo evitava e andava incontro ad un giovane che al disopra della spalla di Agostino le aveva rivolto un cenno d'invito. Tutta questa scena non era durata piú di cinque secondi e nessuno se n'era accorto fuorché Agostino stesso. Ma egli era rimasto oltremodo umiliato; e aveva avuto l'impressione che tutti avessero notato il suo smacco.

Adesso, dopo la partenza di sua madre con

il giovane del patino, paragonava i due fatti e li trovava identici. Come la cugina, sua madre non aveva aspettato che l'occasione propizia per abbandonarlo. Come la cugina, con la stessa facilità premurosa, aveva accettato la prima compagnia che le fosse capitata. E a lui, in ambedue i casi, era accaduto di ruzzolare giú da un'illusione come da una montagna, restando tutto ammaccato e dolente.

La madre quel giorno rimase in mare un paio d'ore; dall'ombrellone egli la vide scendere sulla riva, porgere la mano al giovane e senza fretta, la testa china sotto il sole di mezzogiorno, avviarsi verso la cabina. La spiaggia ormai era deserta; e questo era una consolazione per Agostino, sempre convinto che la gente avesse gli occhi fissi sopra di loro. « Che cosa hai fatto? » gli chiese la madre con tono indifferente. « Mi sono molto divertito » incominciò Agostino; e inventò che era stato in mare anche lui con i ragazzi della cabina attigua alla loro. Ma già la madre non l'ascoltava piú, correva verso la cabina per rivestirsi. Agostino decise che il giorno dopo, appena avesse visto spuntare sul mare il patino bianco del giovane si sarebbe allontanato con qualche pretesto; in modo da non soffrire per la seconda volta l'affronto di essere lasciato a terra. Ma il giorno dopo, appena fece il gesto di allontanarsi, si sentí richiamare da sua madre. « Vieni » ella diceva alzandosi e radunando la roba « si va in mare ». Agostino, pensando che la madre avesse in mente di congedare il giovane e restare sola con lui, la seguì. Il giovane li aspettava ritto sul patino; la madre lo salutò e disse semplicemente: « Porto anche mio figlio ». Cosí Agostino assai scontento si ritrovò seduto accanto alla madre, di fronte al giovane che remava.

Agostino aveva sempre visto sua madre ad un modo, ossia dignitosa, serena, discreta. Fu assai stupito osservando, durante la gita, il cambiamento intervenuto non soltanto nei suoi modi e nei suoi discorsi, ma anche, si sarebbe detto, nella sua persona; quasi che, addirittura, ella non fosse piú stata la donna di un tempo. Erano appena usciti in mare che la madre con una frase pungente e allusiva, per Agostino affatto oscura, aveva iniziato una curiosa e serrata conversazione. Si trattava, a quel che poté capire Agostino, di un'amica del giovane la quale aveva un altro corteggiatore piú fortunato e accetto del giovane stesso; ma questo non fu che il pretesto; poi il discorso continuò insinuante, insistente, dispettoso, malizioso. Dei due la madre pareva la piú aggressiva e al tempo stesso la piú disarmata; mentre il giovane badava a risponderle con una calma quasi ironica, come sicuro del fatto suo. La madre pareva a momenti scontenta e addirittura adirata con il giovane; di che Agostino si rallegrava; ma subito dopo, con sua delusione, una frase lusinghiera di lei distruggeva questa prima impressione. Oppure la madre muoveva al giovane, con un tono risentito, una filza di oscuri rimproveri. Ma invece di vedere il giovane offendersi, Agostino sorprendeva sul suo viso un'espressione di fatua vanità; e concludeva che quei rimproveri non erano tali che in apparenza; e nascondevano un senso affettuoso che lui non era in grado di afferrare. Di lui, poi, tanto la madre quanto il giovane, parevano persino ignorare l'esistenza; come se non ci fosse stato; e la madre spinse questa ostentata ignoranza fino al punto da ricordare al giovane che se il giorno avanti era andata sola con lui, questo era stato da parte sua un errore che non si sarebbe piú ripetuto. D'ora in poi, sempre, il figlio sarebbe stato presente. Discorso questo che Agostino ritenne offensivo, quasi che lui non fosse stato una persona dotata di volontà indipendente, bensí un oggetto di cui si poteva disporre secondo le più capricciose convenienze.

Una sola volta parve che la madre si accorgesse della sua presenza; e fu quando il giovane, lasciati ad un tratto i remi, si chinò in avanti con un viso intensamente malizioso e le disse sottovoce una breve frase che Agostino non riuscí a capire. Questa frase ebbe il potere di far sobbalzare la madre di esagerato scandalo e di finto orrore. « Abbiate almeno riguardo a questo innocente » ella rispose indicando Agostino seduto al suo fianco. Agostino, al sentirsi chiamare innocente, fremette tutto di ripugnanza; come a vedersi gettare addosso un cencio sporco e non potere liberarsene.

Come si furono alquanto allontanati dalla riva, il giovane propose alla madre di fare il bagno. Allora Agostino che aveva tante volte ammirato la discrezione e la semplicità con cui ella si lasciava scivolare nell'acqua non poté fare a meno di essere dolorosamente stupito dai gesti nuovi che adesso ella metteva in quell'atto antico. Il giovane si era gettato in mare ed era già rispuntato a galla che la madre stava ancora esitante ad assaggiare l'acqua con il piede, fingendo non si capiva se spavento o ritrosìa. Si schermiva, protestava ridendo e afferrandosi con le mani al sedile, finalmente si sporse con tutto un fianco e una gamba, in un atteggiamento quasi indecente e si lasciò cadere malamente tra le braccia del compagno. I due andarono sotto insieme e insieme tornarono a galla. Agostino rannicchiato sul sedile vide il volto ridente della madre accanto a quello bruno e serio del giovane; e gli parve che le guancie si toccassero. Nell'acqua limpida si potevano vedere i due corpi dimenarsi l'uno accanto all'altro, come desiderosi di intrecciarsi, urtandosi con le gambe e con i fianchi. Agostino li guardava, guardava la spiaggia lontana e si sentiva superfluo e vergognoso. Alla vista del suo viso accigliato, la madre ebbe dall'acqua, dove si dimenava, per la seconda volta nella mattina, una frase che umiliò e riempí di vergogna Agostino. « Perché stai cosí serio?... non vedi come è bello qui?... Dio mio che figlio serio che ho ». Agostino non rispose e si limitò a girare altrove gli occhi. Il bagno durò a lungo, la madre e il compagno giocavano nell'acqua come due delfini e parevano essersi del tutto dimenticati di lui. Finalmente risalirono. Il giovane rimontò di un balzo sul patino e poi si chinò a tirar su la madre che dall'acqua invocava il suo aiuto. Agostino guardava, vide le mani del giovane che, per sollevare la donna, affondavano le dita nella carne bruna, là dove il braccio è piú dolce e piú largo, tra l'omero e l'ascella. Poi ella sedette sospirando e ridendo accanto ad Agostino; e con le unghie aguzze si staccò dal petto il costume fradicio in modo che non vi aderissero le punte dei capezzoli e la rotondità dei seni. Ma Agostino ricordava che quando erano soli, la madre, forte come era, non aveva bisogno di alcun aiuto per issarsi sul patino; e attribuí quella richiesta di aiuto e quei dimenamenti del corpo che pareva compiacersi in femminili goffaggini, al nuovo

16

spirito che aveva già operato in lei tanti e così sgradevoli cambiamenti. In verità, non poté fare a meno di pensare, pareva che la madre, donna grande e piena di dignità, risentisse quella grandezza come un impaccio di cui si sarebbe disfatta volentieri; e quella dignità come un'abitudine noiosa a cui, ormai, le convenisse sostituire non si capiva che maldestra monelleria.

Risaliti i due sul patino, si iniziò il ritorno. Questa volta i remi furono affidati ad Agostino e i due sedettero sopra la traversa che congiungeva le due navicelle. Egli prese a remare piano, nel sole che bruciava, domandandosi spesso che senso avessero le voci, le risa e i movimenti che gli giungevano da dietro le spalle. Ogni tanto la madre, come ricordandosi della sua presenza, tendeva un braccio e gli faceva all'indietro una maldestra carezza sulla nuca; oppure lo solleticava sotto l'ascella, domandandogli se fosse stanco. « No, non sono stanco » rispondeva Agostino. Udiva il giovane dire ridendo « gli fa bene remare » e dava con rabbia un colpo piú forte con i remi. La madre si appoggiava con la testa al sedile su cui stava Agostino e teneva le gambe lunghe distese, questo egli lo sapeva; ma non sempre gli sembrava che questo atteggiamento fosse mantenuto. Ad un certo punto, anzi, ci fu un tramestio e come una breve lotta, la madre parve quasi soffocare, si levò balbettando qualcosa, il patino pencolò da un lato e Agostino ebbe per un momento contro la guancia il ventre della madre che gli parve vasto quanto il cielo e curiosamente pulsante come per una vita che non le appartenesse o comunque sfuggisse al suo controllo. « Torno a sedere » ella disse stando in piedi, a gambe larghe, le mani aggrappate alla spalla del figlio « se mi promettete di esser buono ». « Lo prometto » giunse con falsa e giocosa solennità la risposta del giovane. Goffamente ella si lasciò di nuovo scivolare sulla traversa delle navicelle, e in quest'atto sfregò il ventre contro la guancia del figlio. Rimase ad Agostino, sulla pelle, quell'umidore del ventre chiuso nel costume fradicio, umidore quasi annullato e reso fumante da un calore piú forte; e pur provandone un vivo senso di torbida ripugnanza, per un'ostinazione dolorosa non volle asciugarsi.

Appena si furono alquanto avvicinati alla riva, il giovane balzò agilmente sul sedile e afferrando i remi ne scacciò Agostino che fu costretto a prendere il suo posto presso la madre. Ella gli cinse subito la cintola con un braccio, gesto insolito e, in quel momento, ingiustificato, chiedendogli: « come va? sei contento? », con un tono che non pareva aspettare alcuna risposta. Sembrava oltremodo lieta; e ad un tratto si mise a cantare, altro fatto insolito, con una voce melodiosa e certi patetici gorgheggi che facevano rabbrividire Agostino. Pur cantando non cessava di stringerlo al suo fianco infradiciandolo coll'acqua di cui era imbevuto il suo costume è che pareva riscaldata e resa simile ad una specie di sudore da quel suo acre, violento calore animale. Cosí, la donna cantando, il figlio lasciandosi stringere con animo pieno di fastidio e il giovane remando, in un quadro che Agostino sentiva falso e accomodato, ritornarono a riva.

Il giorno dopo il giovane si ripresentò, la madre fece venire anche Agostino e si ripeterono a un dipresso le medesime scene del giorno prima. Poi, dopo un'interruzione di un paio di giorni, ci fu una nuova gita. Finalmente, crescendo, come pareva, l'intimità tra la madre e il giovane, costui venne tutte le mattine a prenderla; e tutte le mattine toccò ad Agostino di accompagnarli e assistere alle loro conversazioni e ai loro bagni. Egli provava una viva ripugnanza per queste passeggiate; e, alla fine, incominciò a ricorrere a mille pretesti per sottrarvisi. Ora scompariva e non si faceva piú vedere se non quando la madre, dopo averlo chiamato e cercato a lungo, lo costringeva a mostrarsi non tanto con i suoi richiami, quanto con la pietà dolorosa che destavano in lui la sua noia e il suo disappunto; ora si immusoniva sul patino sperando che i due comprendessero e si decidessero a lasciarlo stare. Ma alla fine egli era sempre piú debole e pietoso di sua madre e del giovane. Ai quali invece bastava che lui venisse; poi dei suoi sentimenti, come poté ben presto capire, non si curavano piú che tanto. Cosí, nonostante ogni suo sforzo, le gite continuavano.

Un giorno Agostino stava seduto nella rena dietro la sedia a sdraio della madre, aspettando di veder il patino bianco spuntare sul mare e la madre agitare un braccio in segno di saluto chiamando per nome il giovane. Ma l'ora in cui di solito il giovane appariva era passata; e la madre lasciava capire chiaramente, con l'espressione delusa e annoiata, che non sperava piú che venisse. Agostino si era spesso domandato quel che avrebbe provato in tal caso; e aveva sempre pensato che la sua gioia sarebbe stata almeno tanto grande quanto l'amarezza materna. Fu stupito di non risentire invece che una vuota delusione; e comprese ad un tratto che quelle umiliazioni e quelle ripugnanze delle gite quotidiane gli erano ormai quasi diventate negli ultimi tempi una ragione di vita. Cosí, piú di una volta, per un torbido e inconsapevole desiderio di far soffrire la madre, le domandò se quel giorno non andassero in mare per la solita pàsseggiata. Ella gli rispose ogni volta che non lo sapeva, ma che era probabile che quel giorno non ci sarebbero andati. Stava distesa nella sedia a sdraio, un libro aperto sulle ginocchia; ma non leggeva, spesso gli occhi le andavano al mare, che nel frattempo si era riempito di bagnanti e di imbarcazioni, con lo sguardo particolare di chi cerchi invano qualcosa. Agostino, dopo essere rimasto a lungo dietro la seggiola della madre, strisciando nella rena le girò intorno e ripeté con un tono di voce che avvertiva lui stesso fastidioso e quasi canzonatorio: « Ma è proprio vero? Oggi non si va in mare? ». La madre forse sentí la canzonatura e il desiderio di farla soffrire; o forse quelle parole imprudenti bastarono a far traboccare un'irritazione a lungo covata. Ella levò una mano e con un colpo che Agostino sentí molle, quasi involontario e già pentito nel momento in cui lo vibrava, lasciò andare un manrovescio molto forte sulla guancia del ragazzo. Agostino non disse nulla; ma, fatta una capriola sulla rena, si allontanò per la spiaggia, a testa bassa, verso le cabine. « Agostino... Agostino » udí chiamare piú volte. Poi il richiamo tacque; e voltandosi gli parve persino di vedere, tra tutte le imbarcazioni che gremivano il mare, il patino candido del giovane. Ma ormai non gli importava piú nulla di tutto questo; come chi abbia trovato un tesoro e corra a nascondersi per guardarlo a suo agio, con lo stesso senso pungente di scoperta egli correva a rintanarsi con il suo schiaffo, cosa tanto nuova per lui da parergli incredibile.

La guancia gli bruciava, aveva gli occhi pieni di lagrime che tratteneva a stento; e temendo che sgorgassero prima che giungesse in qualche riparo, correva curvo sopra se stesso. L'amarezza accumulata per tutti quei giorni in cui era stato costretto ad accompagnare il giovane e la madre nelle loro gite, gli faceva ora un torbido rigurgito; e quasi gli pareva che liberandosene con un pianto abbondante, avrebbe capito finalmente qualcosa di quelle oscure vicende. Come giunse davanti la cabina, esitò un momento cercando un luogo dove rifugiarsi. Poi gli parve che la cosa piú semplice fosse rinchiudersi nella cabina stessa. La madre doveva ormai essere in mare, nessuno l'avrebbe disturbato. Agostino salí in fretta la scaletta, aprí l'uscio e senza richiuderlo del tutto andò a sedersi in un angolo, sopra uno sgabello.

Si rannicchiò con le ginocchia contro il petto, la testa appoggiata contro la parete, e presosi il viso tra le mani incominciò coscienziosamente a piangere. Lo schiaffo gli balenava tra le lagrime; e si domandava perché mai pur dandoglielo cosí forte la mano della madre fosse stata tanto irresoluta e molle. Al cocente senso di umiliazione che destava in lui la percossa, si mescolavano, piú forti ancora se era possibile, mille sensazioni sgradevoli che in quegli ultimi tempi avevano ferito la sua sensibilità. Fra tutte, una gli tornava con piú insistenza alla memoria, quella del ventre della madre chiuso nella maglia fradicia, premuto contro la sua guancia, fremente e agitato da non sapeva che vogliosa vitalità. Come certi altri schiaffi dati sui vestiti vecchi vi fanno apparire larghe chiazze di polvere, cosí quella percossa ingiusta vibrata per impazienza dalla madre gli risvegliava nitida la sensazione del ventre di lei premuto contro la sua guancia. Gli pareva che questa sensazione a momenti si sostituisse a quella della percossa; a momenti invece si mescolava ed era al tempo stesso palpito e bruciore. Ma mentre capiva che lo schiaffo persistesse riaccendendosi ogni tanto sulla guancia come un fuoco che si estingue, oscure gli restavano invece le ragioni della tenace sopravvivenza di quella lontana sensazione. Perché, tra tante, gli era rimasta impressa e cosí viva proprio quella? Non avrebbe saputo dirlo; soltanto gli pareva che finché fosse vissuto gli sarebbe bastato riandare con la memoria a quel momento della sua vita per riavere intatto sulla guancia il palpito del ventre e la bagnata ruvidezza della maglia fradicia.

Piangeva piano per non disturbare questo dolente lavorio della memoria, pur piangendo schiacciava con le punte delle dita sulla pelle intrisa le lacrime che lente ma ininterrotte gli spicciavano dagli occhi. Nella cabina c'era una rada e afosa oscurità; ebbe ad un tratto la sensazione che l'uscio si aprisse; e quasi desiderò che la madre, pentita e affettuosa, gli ponesse una mano sulla spalla e prendendogli il mento rivolgesse a sé il suo viso. E già si preparava con le labbra a mormorare « mamma », quando udí un passo entrare nella cabina e la porta richiudersi senza per questo che alcuna mano gli sfiorasse le spalle e gli accarezzasse il capo.

Allora sollevò il capo e guardò. Ritto presso la fessura della porta socchiusa, in atteggiamento di chi spii, vide un ragazzo che gli parve essere della sua stessa età. Indossava un paio di pantaloni corti, dal bordo rimboccato, e una canottiera scollata con un largo buco in mezzo alla schiena. Un raggio sottile e fulgido di sole, passando tra le connessure delle assi della cabina, faceva brillare sopra la sua nuca folti ricci color rame. A piedi nudi, le mani alla fessura della porta, egli sorvegliava la spiaggia e non pareva essersi accorto della presenza di Agostino.

Agostino si asciugò gli occhi con il rovescio della mano e incominciò « di' un po'... cosa vuoi? ». Ma l'altro si voltò e gli fece cenno di tacere. Voltandosi mostrò un brutto viso lentigginoso in cui era notevole il roteare delle pupille di un celeste torvo. Agostino credette di riconoscerlo; era in tutti i casi qualche figlio di bagnino o di marinaio; doveva averlo visto, pensò, spingere in mare i patini o fare simili cose in prossimità dello stabilimento.

« Si gioca a guardie e ladri » disse il ragazzo dopo un momento voltandosi verso Agostino « Non debbono vedermi ».

« Che cosa sei tu? » domandò Agostino asciugandosi in fretta le lagrime.

« Un ladro, naturalmente » rispose l'altro senza voltarsi.

Agostino considerava il ragazzo; non sapeva se gli era simpatico, ma nella voce c'era un rozzo accento dialettale che gli riusciva nuovo e l'incuriosiva. Inoltre, adesso, l'istinto gli suggeriva che quel ragazzo rifugiatosi nella sua cabina era un'occasione, non avrebbe saputo dir quale; e che non doveva lasciarsela sfuggire.

« Mi fai giocare anche a me? » chiese arditamente.

L'altro si voltò e gli diede una squadrata insolente. « Che c'entri tu? » disse svelto « noi si gioca tra amici ».

« Ebbene » disse Agostino con vergognosa insistenza « fate giocare anche me ».

Il ragazzo levò le spalle dicendo: « ormai è troppo tardi, siamo già alla fine della partita... ».

« Sarà per la prossima partita... ».

« Non ne facciamo altre » disse il ragazzo osservandolo dubbioso e stupito da tanta insistenza « dopo si va in pineta ».

« Se mi volete, ci verrò anch'io ».

Il ragazzo si mise a ridere tra divertito e sprezzante: « Sei un bel tipo tu... ma noi non ti si vuole... ».

Agostino non si era mai trovato in questa condizione; ma l'istinto, come gli aveva suggerito di chiedere al ragazzo di unirsi alla partita, così adesso gli consigliò di adoperare qualsiasi mezzo pur di farsi accettare... « Senti » disse irresoluto « se... mi fai entrare nel vostro gruppo... ti do qualcosa... ».

L'altro si voltò subito, l'occhio acceso di avidità.

« Che cosa mi dai? ».

« Quello che vuoi ».

« Di' tu quello che mi vuoi dare ».

Agostino indicò un veliero assai grande, con tutte le vele appiccate, che giaceva in fondo alla cabina insieme con altre cianfrusaglie.

« Ti dò quello ».

« E io che me ne fa faccio? » rispose il ragazzo con una spallucciata.

« Puoi venderlo » propose Agostino.

« Non me lo prendono » disse il ragazzo con aria di esperienza « direbbero che è roba rubata... ».

Agostino disperato si guardò intorno. All'attaccapanni pendevano i vestiti della madre; in terra le scarpe; sopra un tavolino un fazzoletto e qualche altro cencio; non c'era proprio alcun oggetto nella cabina che gli sembrasse di poter offrire.

« Di' un po' » disse il ragazzo vedendo il suo smarrimento « hai delle sigarette?... ».

Agostino ricordò che proprio quel mattino sua madre aveva messo nella gran borsa che pendeva all'attaccapanni due scatole di sigarette molto fini, e giubilante si affrettò a rispondere:

« Sí, quelle le ho... le vuoi? ».

« E si domanda? » disse l'altro con ironico disprezzo; « che scemo sei... dammele, via ».

Agostino staccò la borsa dall'attaccapanni, frugò, ne trasse le due scatole che, come incerto sulla quantità che l'altro volesse, mostrò al ragazzo.

« Le prendo tutte e due » disse quello con disinvoltura afferrando le scatole. Guardò la marca, fece schioccare la lingua in segno di apprezzamento e soggiunse: « di' un po'... devi essere ricco tu... ».

Agostino non seppe cosa rispondere. Il ragazzo proseguí: « io mi chiamo Berto e tu? ».

Agostino disse il suo nome. Ma già l'altro non gli dava piú retta. Aperta con le dita impazienti una delle scatole, rotti i sigilli dell'involucro di cartone, ne toglieva una sigaretta e la portava alle labbra. Poi trasse di tasca un fiammifero da cucina, l'accese sfregandolo contro la parete della cabina e soffiata una prima boccata di fumo, si affacciò di nuovo cautamente alla fessura della porta.

« Vieni, andiamo » disse dopo un momento facendo cenno ad Agostino di seguirlo. Uno dietro l'altro uscirono dalla cabina.

Sulla spiaggia, Berto prese subito dalla parte della strada, dietro le file delle cabine.

Camminando sulla rena scottante, tra i cespugli di ginestre e di cardi, egli disse: « ora si va alla tana... tanto quelli sono passati e mi stanno cercando piú in giú... ».

« Dov'è la tana » domandò Agostino.

« Al bagno Vespucci » rispose il ragazzo. Teneva la sigaretta con vanità, tra due dita, come sfoggiandola e ne aspirava con caparbia voluttà lunghe boccate. « Tu non fumi? » domandò ad Agostino.

« Non mi piace » rispose Agostino che si vergognava di rispondere che non aveva mai neppure pensato a fumare. Ma Berto rise: « O piuttosto di' che la tua mamma non te lo permette... di' la verità ». Però pronunziò queste parole senza amicizia, con una specie di disprezzo. Porse ad Agostino la sigaretta, e disse: « Su, fuma anche tu... ».

Erano giunti sul lungomare e camminavano a piedi nudi sul pietrisco aguzzo, tra le aride aiuole. Agostino portò la sigaretta alle labbra, e aspirò un po' di fumo rigettandolo subito fuori senza inghiottirlo.

Berto rise con disprezzo. « Questo lo chiami fumare » esclamò, « non si fa mica cosí... guarda ». Prese a sua volta la sigaretta, aspirò lungamente girando attorno quelle sue oziose e torve iridi celesti, quindi spalancò la bocca e l'avvicinò agli occhi di Agostino. La bocca era vuota, come egli poté vedere, con la lingua che si arricciava in fondo al palato.

« Ora guarda » disse Berto chiudendo la bocca. E soffiò in faccia ad Agostino una nuvola di fumo. Agostino tossí e rise trepidamente. « Prova ora » soggiunse Berto.

Passò accanto a loro un tramvai fischiando e sventolando le tendine al vento. Agostino aspirò una nuova boccata e con uno sforzo penoso inghiottí il fumo. Ma il fumo gli andò di traverso ed egli si mise a tossire, assai lamentosamente. Berto gli riprese la sigaretta e dandogli una manata sulla schiena, disse: « bravo... si vede che sei un gran fumatore... ».

Dopo quest'esperimento camminarono in silenzio. Gli stabilimenti si seguivano agli stabilimenti, con le loro file di cabine verniciate di colori chiari, i loro ombrelloni sbilenchi, i loro archi melensamente trionfali. La spiaggia, tra una cabina e l'altra, appariva gremita, ne giungeva un brusio festivo, anche il mare scintillante era affollato di bagnanti.

« Dov'è il bagno Vespucci? » domandò A-
gostino affrettando il passo dietro il suo nuovo amico.

« È l'ultimo... ».

Agostino si domandò se non gli convenisse
tornare indietro: la madre, se non era andata
in patino, certamente lo cercava. Ma il ricordo dello schiaffo soffocò quest'ultimo scrupo-
lo. Ché quasi gli parve, andando con Berto,
di perseguire non sapeva che oscura e giusti-
ficata vendetta. «E il fumo dal naso » gli domandò ad un tratto Berto fermandosi « sai
cacciarlo? ».

Agostino scosse la testa; e quello, stringendo tra le labbra la sigaretta ormai ridotta ad
un mozzicone, ne aspirò il fumo e lo rigettò
dalle narici. «Ora» soggiunse « mi farò uscire
il fumo dagli occhi. Tu, però, mettimi la mano sul petto e guardami negli occhi ». Ignaro, Agostino si avvicinò a lui, gli mise la palma sul petto e guardò in quelle pupille, aspettando di vederne uscire davvero il fumo. Ma
Berto con subitanea perfidia, gli schiacciò con
forza la sigaretta accesa sul dorso della mano e, gettando via il mozzicone, fece un salto di gioia, gridando: « o che scemo... che
scemo... si vede proprio che non sai nulla... ».

Il dolore aveva quasi accecato Agostino, il
suo primo movimento fu di gettarsi su Berto
e percuoterlo. Ma l'altro, come se lo vide cor-

rere incontro, si fermò, strinse i pugni contro il petto e con due soli colpi allo stomaco lo fece rimanere senza fiato e quasi tramortito. « Pochi discorsi con me » disse con cattiveria, « se vuoi, avrai la tua parte... ». Agostino furioso si scagliò di nuovo contro di lui, ma si sentiva debolissimo e predestinato ad essere sconfitto. Questa volta Berto gli afferrò la testa e prendendola sotto l'ascella, quasi strangolò Agostino. Il quale cessò affatto di dibattersi e supplicò con voce soffocata che lo lasciasse. Berto lo liberò e, fatto un salto indietro, si fermò su due piedi mettendosi di nuovo in posizione di combattimento. Ma Agostino aveva sentito scricchiolare le vertebre del collo e piú che spaventato era stupefatto dalla straordinaria brutalità del ragazzo. Gli pareva incredibile che a lui, Agostino, cui tutti avevano sempre voluto bene, ora si potesse fare un male cosí deliberato e spietato. Soprattutto questa spietatezza lo stupiva e lo sgomentava come un tratto affatto nuovo e quasi affascinante a forza di essere mostruoso.

« Io non ti ho fatto alcun male » disse con voce ansimante, « ti ho dato le sigarette... e tu... ». Egli non finí la frase e le lagrime gli riempirono gli occhi.

« Uh, piant'in tasca » gridò Berto sarcastico: « le rivuoi le tue sigarette?... non so che farmene delle tue sigarette... riprendile e torna dalla mamma ».

« Non importa » disse Agostino sconsolato scuotendo il capo, « ho detto cosí per dire... tienile pure ».

« E allora andiamo » disse Berto: « siamo arrivati ».

Agostino, portando alla bocca la scottatura che gli bruciava forte, levò gli occhi e guardò. Sulla spiaggia in quel punto non c'erano che poche cabine, cinque o sei in tutto, sparse l'una a gran distanza dall'altra. Erano cabine povere, di legno grezzo, tra l'una e l'altra si scorgeva la spiaggia e il mare egualmente deserti. Soltanto alcune popolane stavano all'ombra di una barca tirata a secco, quali in piedi quali sdraiate sulla rena, tutte vestite di certi antiquati costumi neri dalle mutande lunghe orlate di bianco, indaffarate ad asciugarsi e ad esporre al sole le membra troppo bianche. Un arco dall'insegna dipinta di azzurro portava la scritta: « Bagno Amerigo Vespucci ». Una bassa baracca verde affondata nella sabbia indicava la dimora del bagnino. Dopo questo bagno Vespucci, il litorale, sprovvisto cosí di cabine sulla spiaggia come di case sulla strada, continuava a perdita d'occhio, in una solitudine di sabbia battuta dal vento, tra lo scintillio azzurro del mare e il verde polveroso della pineta.

Dalla strada, le dune piú alte in quel punto che altrove nascondevano tutto un lato della baracca. Poi, come salirono in cima alle dune, si scoprí una tenda rappezzata e sbiadita di un rosso rugginoso che doveva essere stata ritagliata in una vecchia vela di paranza. Questa tenda era legata per due capi a due pertiche conficcate nella sabbia e per gli altri due alla baracca.

« Quella è la tana » disse Berto.

Si vedeva sotto la tenda un uomo seduto presso un tavolinetto sbilenco, in atto di accendersi un sigaro. Due o tre ragazzi circondavano l'uomo distesi sulla sabbia. Berto spiccò una corsa e cadde a sua volta ai piedi dell'uomo gridando: « Tana ». Un po' imbarazzato, Agostino si avvicinò al gruppo. « E questo è Pisa » disse Berto indicando Agostino. Il quale si meravigliò di questo soprannome datogli con tanta rapidità. Non erano ancora passati cinque minuti che aveva detto a Berto di essere nato a Pisa.

Agostino si distese anche lui in terra. La sabbia in quel luogo non era cosí pulita come sulla spiaggia. Scorze di cocomero, schegge di legno, cocci verdi di terraglia e ogni sorta di detriti vi apparivano commisti; qua e là la rena era crostosa e dura per le secchiate di acqua sporca buttate dalla baracca. Agostino osservò che i ragazzi, quattro in tutto, erano vestiti poveramente. Dovevano come Berto essere anche loro figli di marinai e di bagnini. « Era al bagno Speranza » disse Berto tutto di un fiato sempre parlando di Agostino, « dice che vuol giocare anche lui a guardie e ladri... ma il gioco è finito, no? te l'avevo detto io che il gioco era finito... ».

Si udí a questo punto gridare: « non vale... non vale ». Agostino guardò e vide venire correndo dal mare un altro gruppo di ragazzi, le guardie probabilmente. Il primo era un ragazzotto di forse piú che diciassette anni, in costume da bagno, atticciato e tozzo; poi veniva, con grande meraviglia di Agostino, un negro; terzo un biondo, che dal portamento e dalla bellezza del corpo parve ad Agostino di origine piú signorile degli altri, ma come si avvicinò, il costume tutto rotto e bucato e una certa elementarità di tratti nel bel volto dai grandi occhi cerulei, lo palesò anch'esso popolano. Dietro questi primi tre, seguivano altri quattro ragazzi, tutti della stessa età, tra i tredici anni e i quattordici. Il ragazzotto nerboruto era di gran lunga il piú vecchio e stupiva a prima vista che si mescolasse a quella compagnia fanciullesca. Ma il suo viso color del pane poco cotto, dai tratti inespressivi e ottusi forniva, con la sua brutale stupidità, la ragione di questo inconsueto sodalizio. Egli non aveva quasi collo e il suo torso, liscio e senza un pelo, era largo alla cintola e ai fianchi come alle spalle. « Tu ti sei nascosto in una cabina » gridò con violenza a Berto, « prova a negarlo... ora i patti escludevano le cabine... ».

« Non è vero » rispose Berto con eguale violenza: « di' tu Pisa » soggiunse rivolto ad Agostino, « non mi sono affatto nascosto in una cabina... si stava io e lui dietro l'angolo della baracca della Speranza... vi abbiamo visti passare... nevvero Pisa? ».

« Veramente » disse Agostino incapace di mentire, « tu ti sei nascosto nella mia cabina... ».

« Ecco vedi » gridò l'altro scuotendo il pugno sotto il naso a Berto, « ti schiaccerei la testa... bugiardo che sei... ».

« Spia » gridò Berto in faccia ad Agostino: « ti avevo detto di restare dov'eri... dalla mamma hai da tornare... ». Era pieno di una violenza incontenibile, bestiale, che oscuramente meravigliava Agostino. Ma nel gesto che fece per rimproverarlo, una delle scatole di sigarette gli cadde fuori dalla tasca. Egli fece per raccoglierla, ma il ragazzotto fu piú lesto di lui e chinatosi in fretta l'afferrò e agitandole per l'aria, trionfante: « sigarette eh » gridò « sigarette... ».

« Dammele » gridò Berto avventandosi furioso: « sono mie... me l'ha regalate Pisa... dammele o ti... ».

L'altro fece un passo indietro e aspettò che Berto fosse a tiro. Come gli fu vicino, prese tra i denti la scatola delle sigarette, e cominciò a martellargli metodicamente con i due pugni lo stomaco. Poi, con uno sgambetto, lo fece stramazzare a terra. « Dammele » gridò ancora Berto rotolando nella sabbia. Ma quello con un riso ottuso gridò: « ne ha delle altre... sotto ragazzi... » e tutti insieme i ragazzi, con un accordo che stupí Agostino, si buttarono su Berto. Per un momento, ai piedi dell'uomo che continuava a fumare appoggiato al tavolino, ci fu un aggrovigliarsi di corpi in un gran polverio di rena. Finalmente il biondo, che pareva il piú agile, si districò dal mucchio e si levò agitando trionfante per aria la seconda scatola di sigarette. Si levarono uno per uno anche gli altri; e per ultimo Berto. Tutto il suo brutto viso lentigginoso era contratto da un intenso furore. « Cani... ladri » gridò agitando il pugno e singhiozzando. Lagrimava con rabbia e ad Agostino faceva un certo effetto strano e nuovo vedere il suo tormentatore a sua volta tormentato e trattato non meno spietatamente di quanto avesse poco avanti trattato lui. « Cani... cani » gridò ancora. Il ragazzotto gli si avvicinò e gli lasciò andare un ceffone che suonò secco e fece saltare di gioia gli altri compagni. « La vuoi smettere sí o no? ». Berto, come forsennato, corse all'angolo della baracca, si chinò, afferrò con le due mani una pietra enorme e la scagliò contro il suo nemico; il quale si scansò leggermente con un fischio di derisione. « Cani » gridò ancora Berto singhiozzando e tuttavia tenendosi per prudenza dietro l'angolo della baracca. Singhiozzava grosso, con una furia persino nel pianto in cui pareva sfogarsi non si capiva che amarezza volgare e ripugnante. Ma i compagni già non si occupavano piú di lui. Si erano di nuovo sdraiati sulla rena. Il ragazzotto apriva la scatola di sigarette e cosí il biondo. Ad un tratto l'uomo seduto al tavolino, che aveva assistito a questa rissa senza far motto, disse: « Datemi quelle sigarette ».

Agostino guardò l'uomo. Era grande e grosso, poteva avere un po' meno di cinquant'anni. Aveva una testa sorniona e freddamente benevola. Calvo, con la fronte curiosamente conformata come una sella, i piccoli occhi ammiccanti, il naso rosso e aquilino, le narici scoperte e piene di venuzze vermiglie ripugnanti a vedersi. Aveva baffi spioventi e sotto i baffi la bocca un po' storta che stringeva il sigaro. Indossava un camiciotto sbiadito e un paio di pantaloni di colore turchino, un pantalone gli scendeva fino alla caviglia, l'altro era rimboccato sotto il ginocchio. La pancia l'aveva cinta da una fascia nera. Ultimo particolare che accrebbe in Agostino il primo ribrezzo, egli si accorse che il Saro, cosí si chiamava il bagnino, aveva in ambo le mani non cinque ma sei dita che davano alle mani un aspetto enorme e numeroso e piú che dita parevano tozzi tentacoli. Agostino studiò a lungo quelle mani ma non gli riuscí di capire se il Saro avesse due indici o due medi o due anulari. Parevano tutti di eguale lunghezza, fuorché il mignolo che spuntava un po' fuori dalla mano come un rametto alla base di un tronco nodoso. Il Saro si tolse di bocca il mezzo sigaro e ripeté semplicemente: « Allora queste sigarette... ».

Il biondo si levò e andò a mettere la scatola sul tavolino. « Bravo Sandro » disse il Saro.

« E se io non volessi darle? » gridò con tono di sfida il ragazzotto.

« Dalle, Tortima... farai bene a darle » gridarono da più parti varie voci. Il Tortima si guardò attorno, guardò il Saro che, le sei dita della mano destra sulla scatola di sigarette, lo fissava con i piccoli occhi socchiusi e poi, dopo aver proferito « e sia... ma non è giusto », si levò e venne a mettere anche lui la scatola sulla tavola.

« Ora farò le parti » disse il Saro con una voce dolce e affabile. Senza togliersi di bocca il sigaro, strizzando gli occhi, aprí una delle scatole, prese una sigaretta con quelle sue dita molteplici e tozze che parevano inabili ad afferrare e la gettò al negro: « Toh Homs ». Ne prese un'altra e la buttò ad un altro ragazzo; una terza la fece volare tra le mani riunite di Sandro; una quarta che andò a colpire il viso stolido di Tortima; e cosí via. « Tu la vuoi? » domandò a Berto, che, ringoiate le lagrime, era tornato zitto zitto a sdraiarsi tra i compagni. Quello, mortificato, accennò di sí e gli arrivò in volo la sigaretta. Ricevuta ciascuno dei ragazzi la sua sigaretta, egli fece per chiudere la scatola ancora mezza piena, ma si fermò e chiese ad Agostino: « e tu Pisa la vuoi? ». Agostino avrebbe voluto rifiutarla; ma Berto gli diede un pugno alle costole sussurrandogli: « chiedila, scemo... si fuma poi insieme ». Agostino disse che la voleva ed ebbe anche lui la sua sigaretta. Il Saro allora chiuse la scatola.

« E le altre... le altre » gridarono tutti insieme i ragazzi.

« Le altre le avrete i giorni prossimi » rispose il Saro calmo. « Pisa... prendi queste sigarette e va a riporle nella baracca... ».

Nessuno fiatò. Agostino, assai impacciato, prese le due scatole e scavalcando i corpi distesi dei ragazzi, andò alla baracca ed entrò. La baracca, come appariva, non aveva che una sola stanza; e gli piacque per la sua piccolezza come una casa di fiaba. Il soffitto era basso, di travi imbiancate, le pareti di assi grezze. Due finestre minuscole ma complete, con davanzale, piccoli vetri quadrati, sportelli, tendine e persino qualche vaso di fiori, diffondevano una luce bassa e smorzata. Un angolo era occupato dal letto, ben rincalzato, con un guanciale bianco di bucato e una coperta rossa, in un altro c'era un tavolo rotondo e tre seggiole. Sopra il piano di marmo di un cassettone si vedevano due di quelle bottiglie che contengono piccoli velieri o navi a vapore. Le pareti erano tutte coperte di vele agganciate a chiodi, di remi appaiati e di altri attrezzi marittimi. Agostino pensò che dovesse essere molto invidiabile chi possedeva una baracca come quella cosí piccola e cosí comoda. Si avvicinò alla tavola sulla quale era posata una grossa ciotola slabbrata di porcellana piena di mezzi sigari, vi depose le due scatole di sigarette e riuscí fuori nella luce del sole.

Tutti i ragazzi, distesi bocconi sulla sabbia intorno il Saro, fumavano adesso con dei gran gesti dimostrativi di delizia. E intanto discutevano di qualcosa che non gli riuscí di afferrare. « E io ti dico che è lui » affermava in quel momento Sandro.

« La madre è una bella donna » disse una voce ammirativa, « è la piú bella donna della spiaggia... io e Homs un giorno siamo stati sotto la cabina per vederla spogliarsi... ma ci è caduta la veste sugli occhi e non abbiamo veduto nulla... ha certe gambe... e un petto ».

« Il marito non si vede mai » osservò una terza voce.

« Non aver paura... lei si consola... sai con chi? con quel giovanotto della villa Sorriso... quello bruno... lui viene a prenderla tutti i giorni con il patino ».

« Fosse soltanto lui... chiunque si fa avanti se la prende » disse qualcuno con malignità.

« Sí ma non è lui » insistette un altro.

« Di' su, Pisa » domandò ad un tratto Sandro con autorità ad Agostino: « tua madre non è quella signora che sta al bagno Speranza? Alta, bruna, con le gambe lunghe... e porta il costume a due pezzi a strisce? e ha un neo a sinistra presso la bocca? ».

« Sí, perché » domandò Agostino impacciato.

« È lui... è lui » disse Berto trionfante. E in uno slancio di invidiosa malignità: « Sei tu che reggi il lume eh?.. andate in patino al largo lei tu e il ganzo... sei tu che reggi il lume ». Queste parole furono seguite da uno scoppio generale di risa. Anche il Saro sotto i baffi sorrise.

« Non so cosa dite » rispose Agostino impacciato e incomprensivo arrossendo. Sentiva che avrebbe dovuto protestare; ma quegli scherzi grossolani destavano in lui un sentimento inaspettato, quasi crudele, di compiacimento; come se con quelle parole, i ragazzi ignari avessero vendicato tutte le umiliazioni che da ultimo la madre gli aveva inflitto. D'altra parte lo paralizzava lo stupore di scoprirli cosí bene informati sulle cose sue.

« Eh va là innocentino » disse la solita voce maligna.

« Chissà che fanno... vanno sempre lontano... di' un po' » interrogò il Tortima con sorniona serietà, « dicci che fanno... lui la bacia eh? ». Egli si mise il dorso della mano contro le labbra e vi schioccò un grosso bacio.

« Veramente » disse Agostino, il viso acceso di vergogna « andiamo al largo per fare il bagno ».

« Ah, ah, il bagno » dissero piú voci sarcastiche.

« Mia madre fa il bagno e anche Renzo... ».

« Ecco si chiama Renzo » disse uno con sicurezza come ritrovando il filo perduto della memoria; « Renzo... è un bruno alto ».

« Renzo e la mamma che fanno? » domandò ad un tratto Berto tutto ringalluzzito « fanno...? » e gli fece un gesto espressivo con la mano « e tu stai a guardarli eh? ».

« Io » ripeté Agostino spaurito volgendosi intorno. Tutti ridevano soffocando le risate nella sabbia. Il solo Saro lo osservava con attenzione senza muoversi né far motto. Disperato egli lo guardò come per implorare aiuto.

Il Saro parve afferrare quello sguardo. Si tolse il sigaro di bocca e disse: « ma non vedete che non sa nulla? ».

Un improvviso silenzio seguí la gazzarra. « Come non sa nulla? » domandò il Tortima che non aveva capito.

« Non sa nulla » ripeté il Saro con semplicità. E quindi rivolto ad Agostino, raddolcendo la voce: « Di' Pisa... un uomo e una donna... che fanno? lo sai? ».

Tutti parevano trattenere persino il fiato. Agostino guardò il Saro che fumava e lo considerava tra le palpebre socchiuse, guardò i ragazzi che parevano tutti gonfi di risa maltrattenute, quindi ripeté meccanicamente, gli occhi rabbuiati come da una nube: « un uomo e una donna? ».

« Sí tua madre e Renzo » spiegò con brutalità Berto.

Agostino avrebbe voluto dire: « non parlate di mia madre ». Ma la domanda mentre risvegliava in lui tutto un brulichio di sensazioni e di ricordi oscuri, lo sconcertava troppo per permettergli di parlare. « Non lo sa » tagliò corto il Saro passando il sigaro dall'angolo destro a quello sinistro della bocca: « su... chi glielo vuol dire? ». Agostino si guardò intorno sperduto: pareva proprio di essere a scuola, ma quale maestro e quali scolari. « Io... io... io » gridarono tutti insieme i ragazzi. Lo sguardo incerto del Saro spaziò per un momento su tutti quei visi infiammati di emulazione; poi egli disse: « Anche voi non lo sapete veramente... lo avete soltanto udito dire... lo dica chi lo sa davvero... ». Agostino vide tutti i ragazzi ammutolirsi e guardarsi. « Tortima » disse qualcuno. Un'espressione di vanità illuminò il volto del ragazzotto; e fece per alzarsi; ma con estremo rancore Berto disse: « se l'è tutto inventato... non è vero nulla ». « Come non è vero nulla? » gridò il Tortima scagliandosi contro Berto, « le bugie le dici tu, bastardo... ». Ma Berto questa volta era stato lesto a scappare e sporgendosi dall'angolo della baracca, il rosso viso lentigginoso deformato dall'odio, si mise a far delle boccacce e a tirar la lingua al Tortima. Il quale, minacciandolo con il pugno, gridò: « non tornare, sai ». Ma la sua candidatura in qualche modo era stata sfatata da questo intervento di Berto. « Lo dica Sandro » gridarono tutti i ragazzi ad una voce.

Bello ed elegante, le braccia incrociate sul largo petto bruno su cui sfavillavano come oro radi peluzzi biondi, Sandro si fece avanti nel cerchio dei ragazzi sdraiati sulla rena. Agostino notò che aveva gambe forti e abbronzate tutte avvolte come da un polverio aureo. Altri peli biondi gli scappavano all'inguine fuori dalle sdruciture delle rosse mutandine da bagno. « È molto semplice » egli disse con una voce chiara e forte. E parlando lentamente e aiutandosi con gesti efficaci ma privi, si sarebbe detto, di volgarità, spiegò ad Agostino ciò che gli pareva di aver sempre saputo e come per un profondo sonno dimenticato. La sua spiegazione fu seguita da altre dimostrazioni meno sobrie. Alcuni dei ragazzi facevano gesti triviali con le mani, altri ripetevano ad alta voce parole nuove e brutte all'orecchio di Agostino, due dissero: « gli mostriamo come si fa » e caddero abbracciati sussultando e dimenandosi, l'uno sull'altro, sulla sabbia scottante. Sandro, contento del successo, si era ritirato da parte e finiva in silenzio la sua sigaretta. « Ora hai capito? ». domandò il Saro appena la gazzarra si fu un poco attenuata.

Agostino accennò di sí con la testa. In realtà non aveva tanto compreso quanto assorbito la nozione come si assorbe un farmaco o un veleno e l'effetto lí per lí non si fa sentire ma si sa che il dolore o il benessere non potrà fare a meno di verificarsi piú tardi. La nozione non era nella sua mente vuota, dolente e attonita bensí in qualche altra parte del suo essere, nel suo cuore gonfio di amarezza, in fondo al suo petto che si stupiva di accoglierla. Era, la nozione, simile ad un oggetto rutilante e abbagliante che non si può guardare per lo splendore che emana e di cui si indovinano a mala pena i contorni. Gli pareva di averla sempre posseduta; ma mai risentita con tutto il suo sangue come in quel momento.

« Renzo e la madre di Pisa » udí dire da qualcuno alle sue spalle: « io sono Renzo e tu sei la madre di Pisa, proviamo ». Si voltò di scatto e vide Berto che con un gesto sguaiato e un'ancor piú sguaiata cerimonia, domandava inchinandosi ad un altro: « signora... volete favorire in patino... si va a fare il bagno... Pisa ci accompagna... »; e allora un'ira improvvisa l'accecò e si lanciò su Berto gridando: « ti proibisco di parlare di mia madre ». Ma prima ancora che potesse accorgersi di quello che era successo, si trovò supino sulla sabbia, tenuto fermo dalle ginocchia di Berto e tempestato di pugni su tutto il viso. Gli venne da piangere, ma comprendendo che le lagrime avrebbero offerto il destro a nuove beffe con uno sforzo supremo riuscí a dominarsi. Quindi, coprendosi il viso con un braccio, stette immobile come morto. Berto, dopo un poco, lo lasciò; e lui, malconcio, tornò a sedersi ai piedi del Saro. Ora, con volubilità, i ragazzi già parlavano d'altro. Uno di essi domandò a bruciapelo ad Agostino: « siete ricchi voialtri? ».

Agostino adesso era tanto intimorito che non sapeva piú che dire. Rispose tuttavia: « credo di sí ».

« Quanto... un milione... due milioni... tre milioni? ».

« Non lo so » disse Agostino impacciato.

« Avete una casa grande? ».

« Sí » disse Agostino; e rassicurato dal tono piú cortese che assumeva il dialogo non poté resistere ad una vanità di proprietario: « abbiamo venti stanze ».

« Venti stanze » ripeté una voce ammirativa.

« Bum » disse un'altra voce con incredu-lità.

« Abbiamo due salotti » disse Agostino « e poi c'è lo studio di mio padre... ».

« Il cornuto » disse una voce. « Che era di mio padre » si affrettò a soggiungere Ago-stino quasi con speranza che questo partico-lare gli attirasse la simpatia dei ragazzi, « mio padre è morto ».

Ci fu un momento di silenzio. « Allora tua madre è vedova? » domandò il Tortima.

« Eh già... si capisce » dissero alcune voci in tono di canzonatura.

« Che c'entra... poteva essersi risposata » si difese il Tortima.

« No... non s'è risposata » disse Agostino.

« E avete anche l'automobile? » domandò un'altra voce.

« Sí ».

« Con l'autista? ».

« Sí ».

« Di' a tua madre che sono pronto a farle da autista » gridò qualcuno.

« E in quei salotti che ci fate? » chiese il Tortima che piú di tutti pareva impressiona-to dai racconti di Agostino. « Ci date dei bal-li? ».

« Sí, mia madre riceve » rispose Agostino.

« Chissà quante belle donne » disse il Tor-tima come parlando a se stesso: « quante persone vengono? ».

« Ma, non so ».

« Quante? ».

« Venti o trenta » rispose Agostino ormai rassicurato e non poco vano del successo ottenuto.

« Venti o trenta... e che fanno? ».

« Che vuoi che facciano » disse Berto con ironia, « balleranno, si divertiranno... sono ricchi loro, mica poveri come noi... faranno l'amore... ».

« No... l'amore no » disse Agostino coscienzioso anche per mostrare che ormai intendeva perfettamente quel che la frase volesse dire.

Il Tortima pareva lottare con un'idea oscura che non riusciva a formulare. Finalmente disse: « ma se io, ad un tratto, mi presentassi in uno di quei ricchi ricevimenti... e dicessi... eccomi qui... che cosa faresti tu? ».

E cosí dicendo, si levò in piedi e fece proprio il gesto di chi si presenta, con spavalderia, il petto in fuori e le mani sulle anche. Tutti i ragazzi scoppiarono a ridere. « Ti pregherei di andartene via » disse Agostino con semplicità incoraggiato dalle risa dei ragazzi.

« E se io m'ostinassi a non andarmene? ».

« Ti farei mandar via dai camerieri ».

« Avete anche dei camerieri? » chiese qualcuno.

« No... ma quando ci sono dei ricevimenti, mia madre li affitta ».

« Toh... proprio come tuo padre ». Uno dei ragazzi doveva essere figlio di un cameriere.

« E se io resistessi ai camerieri... gli rompessi il muso e poi mi facessi in mezzo alla sala e gridassi: "siete un mucchio di mascalzoni e di troie"... che cosa diresti tu? » insistette il Tortima minaccioso avvicinandosi ad Agostino e girandogli sotto il naso il pugno come per farglielo odorare. Ma questa volta tutti insorsero contro il Tortima, non tanto perché parteggiassero per Agostino quanto per il desiderio di udire altri particolari di quella favolosa ricchezza.

« Ma lascialo stare... ti caccerebbero a pedate e farebbero anche bene » si sentiva protestare d'ogni parte. Berto con disprezzo disse: « che c'entri tu... tuo padre fa il marinaio... anche tu farai il marinaio... e se ti presentassi in casa di Pisa certo non grideresti nulla... mi par di vederti... » soggiunse levandosi in piedi e fingendo la supposta umiltà del Tortima in casa di Agostino, « "scusate, sta qui di casa il signor Pisa?... scusate... sono venuto... non importa, scusate tanto... scusate il disturbo, tornerò" mi par di vederti... faresti degli inchini fin sulle scale... ».

Tutti i ragazzi risero. Il Tortima stupido quanto brutale non osò mettersi contro quelle risa; ma cercando in qualche modo una rivalsa, domandò ad Agostino: « sai fare il braccio di ferro? ».

« Il braccio di ferro? » ripeté Agostino.

« Non sa che cos'è il braccio di ferro » dissero parecchie voci ironiche.

Sandro si avvicinò, prese il braccio di Agostino, glielo ripiegò costringendolo a stare con la mano in aria e il gomito puntato nella rena. Intanto il Tortima si era disteso bocconi per terra e aveva messo il braccio nello stesso modo. « Devi spingere da una parte » disse Sandro, « Tortima spingerà dall'altra ».

Agostino prese la mano del Tortima. Costui, con un colpo solo, gli atterrò il braccio e si levò trionfante.

« Vediamo io » disse Berto; con la stessa facilità del Tortima, egli atterrò il braccio ad Agostino e si levò a sua volta. « Io... io » gridarono i compagni. Uno dopo l'altro si provarono e vinsero tutti Agostino. Si presentò alla fine il negro; e una voce disse: « se ti fai vincere da Homs... beh, allora hai proprio le braccia di panno ». Agostino decise che almeno il negro non l'avrebbe vinto.

Il negro aveva braccia sottili, color del caffè tostato, gli parve che le sue fossero piú forti. « Su Pisa » disse il negro con una melensa spavalderia, distendendosi davanti a lui. Aveva una voce senza nerbo, come di femmina, e appena il suo viso fu ad un palmo da quello di Agostino, costui vide che non aveva il naso schiacciato, come si poteva supporre, bensí aquilino, piccolo e ritorto in se medesimo come un riccio di carne unta e nera, con una specie di neo piú chiaro, quasi giallo, sopra una delle narici. Anche la bocca non era grossa come quella dei negri, ma sottile e violacea. Gli occhi li aveva tondi e bianchi, oppressi dalla fronte gonfia su cui si levava una gran zazzera fuligginosa. « Su Pisa... non ti farò male » soggiunse inserendo in quella di Agostino la mano delicata dalle sottili dita nere unghiate di rosa. Agostino aveva notato che se avesse tirato un po' piú su l'omero avrebbe potuto, senza parer di nulla, pesare con tutta la persona sulla propria mano; e questo semplice accorgimento gli permise dapprima di reggere e contenere lo sforzo di Homs. Per un lungo momento contrastarono senza superarsi, in un cerchio attento di ragazzi. Agostino stava con il viso teso ma fermo, contratto tutto il corpo nello sforzo, il negro invece faceva una grande smorfia, digrignando i denti bianchi e strizzando gli occhi. « Vince Pisa » disse ad un tratto una voce in tono di meraviglia. Ma nello stesso momento un terribile dolore corse ad Agostino per la spalla e tutto il braccio; sfinito, egli abbandonò la presa dicendo: « no, è piú forte di me ». « La prossima volta mi vincerai » disse il negro levandosi, con una sua cortesia antipatica e melliflua.

« Anche Homs ti vince... sei proprio buono a nulla » disse il Tortima con disprezzo. Ma ora i ragazzi parevano stanchi di prendere in giro Agostino. « Si va in mare? » propose uno. « Sí... sí... in mare » gridarono tutti. E a salti e a capriole, eccoli correre attraverso la spiaggia, sulla sabbia ardente, verso il mare. Agostino, seguendoli da lontano, li vide gettarsi l'uno dopo l'altro, a capofitto come pesci, nell'acqua bassa, tra grandi schizzi e gridi di gioia. Come giunse a riva, il Tortima emergendo dall'acqua come una bestia, prima con la groppa poi con il capo, gli gridò: « tuffati Pisa... che fai laggiú? ».

« Sono vestito » disse Agostino.

« Ora ti svesto io » rispose il Tortima con cattiveria. Agostino cercò di sfuggire ma non fece a tempo. Il Tortima l'acchiappò, lo trascinò nonostante i suoi sforzi e cadendo insieme con lui, con maligna spietatezza, gli tenne la testa sott'acqua fin quasi a farlo soffocare. « Arrivederci Pisa » gridò poi slanciandosi a nuoto. Poco piú lontano si vedeva Sandro in piedi sopra un patino, in atto di manovrare con eleganza tra i ragazzi che gli schiamazzavano intorno e cercavano di arrampicarsi sulle navicelle. Fradicio e ansimante, Agostino tornò a riva e per un momento guardò il patino carico di ragazzi che si allontanava sul mare deserto, nel sole accecante. Poi, camminando in fretta sulla sabbia specchiante, in riva al mare, si avviò verso il bagno Speranza.

Non era cosí tardi come temeva; giunto allo stabilimento scoprí che la madre non era ancora tornata. La spiaggia si vuotava; pochi bagnanti indugiavano ancora, radi e isolati nel mare che scintillava forte; la gente, languida e accaldata, se ne andava in fila sotto il sole meridiano per il sentiero di tavole che portava alla strada. Agostino sedette sotto l'ombrellone e aspettò. Gli pareva che la gita della madre si prolungasse fuori dell'ordinario; e dimenticando che il giovane del patino era arrivato molto piú tardi del solito e che non era stata la madre a volersene andar sola bensí lui a scomparire, si diceva che quei due avevano certamente approfittato della sua assenza a quel modo che dicevano i ragazzi e il Saro. Non provava a questo pensiero alcun senso di gelosia bensí un fremito tutto nuovo e strano di complicità, di curiosità e di cupa e compiaciuta approvazione. Era giusto che sua madre agisse a quel modo con il giovane, che se ne andasse ogni giorno con lui in patino e che in quel momento, lontano dagli sguardi indiscreti, tra cielo e mare, si abbandonasse tra quelle braccia; era giusto e lui ormai era perfettamente in grado di rendersene conto. Tra questi pensieri scrutava il mare cercandovi i due amanti.

Finalmente il patino apparve, non piú che un punto chiaro sul mare deserto, rapidamente si avvicinò, egli vide sua madre seduta sul banco e il giovane che remava. I remi si alzavano e si abbassavano e ogni colpo di remi era accompagnato da uno scintillio fulgido dell'acqua smossa. Allora si levò e andò sulla riva. Voleva vedere sbarcare la madre, osservare bene in lei le tracce di quell'intimità a cui aveva per tanto tempo partecipato senza comprenderla e che ora, alla luce delle rivelazioni del Saro e dei ragazzi, gli sembrava che dovesse apparirgli in una maniera tutta nuova, piena di una evidenza impudica e parlante. Dal patino, prima ancora che approdasse, la madre gli fece un gran cenno di saluto con la mano; poi saltò allegramente nell'acqua e in pochi passi fu accanto al figlio. « Hai fame?... ora andiamo subito a mangiare... arrivederci... arrivederci... a domani » soggiunse con una voce melodiosa voltandosi e salutando il giovane. Ad Agostino parve piú contenta del solito; e pur seguendola attraverso la spiaggia non poté fare a meno di pensare che c'era stata nei suoi saluti al giovane una gioia ebbra e patetica; come se quel giorno fosse veramente accaduto ciò che la presenza del figlio aveva sin allora impedito. Ma qui si fermavano le sue osservazioni e i suoi sospetti; per il resto, salvo quella gioia goffa e cosí diversa dalla solita dignità, non gli era possibile capire in alcun modo quel che fosse avvenuto durante la gita e se tra i due corressero già rapporti d'amore. Il viso, il collo, le mani, il corpo, per quanto scrutati con nuova e crudele consapevolezza, non rivelavano i segni dei baci e delle carezze che avevano ricevuto. Agostino piú guardava sua madre e piú si sentiva deluso.

« Siete stati soli... oggi, senza di me » provò a dirle mentre si avviavano alla cabina. Quasi sperando che ella gli rispondesse: « sí... e finalmente abbiamo potuto amarci ». Ma la madre parve interpretare questa frase come una allusione allo schiaffo e alla fuga susseguente. « Non parleremo piú di quello che è avvenuto » ella disse fermandosi ad un tratto, stringendolo con le due mani per le spalle, e fissandolo in viso con quei suoi occhi ridenti ed eccitati. « Nevvero? Io so che tu mi vuoi bene... dammi un bacio e non se ne parli piú ». Agostino si trovò ad un tratto con il viso su quel collo un tempo cosí dolce per il profumo e il calore di cui era castamente avvolto; ma gli parve di avvertire sotto le labbra un palpito nuovo seppure debole, come l'ultimo guizzo dell'aspro risentimento che doveva aver suscitato in quella carne la bocca del giovane. Poi la madre salí in fretta la scaletta della cabina; e il viso acceso da non sapeva che vergogna, egli si distese nella rena.

Piú tardi, mentre si avviava con lei verso casa, rimescolò a lungo in fondo all'animo conturbato i nuovi e ancora oscuri sentimenti. Strano a dirsi, mentre prima, quando era ancora ignaro del bene e del male, i rapporti di sua madre con il giovane gli erano apparsi, seppure in una maniera misteriosa, tutti intrisi di colpevolezza, ora che le rivelazioni del Saro e dei suoi discepoli gli avevano aperto gli occhi e confermato quei primi dolenti sospetti della sensibilità, era pieno di dubbi e di insoddisfatta curiosità. Gli è che prima era stato l'affetto filiale, geloso e ingenuo, a destare il suo animo, mentre ora, in questa nuova e crudele chiarezza, quest'affetto pur senza venir meno, si trovava in parte sostituito da una curiosità acre e disamorata, a cui quei primi leggeri indizi parevano insufficienti e insipidi. Se prima ogni parola, ogni gesto che gli fossero sembrati stonati l'avevano offeso senza illuminarlo e quasi aveva desiderato di non accorgersene, ora invece che le teneva gli occhi addosso, quelle goffaggini e quelle stonature che prima l'avevano tanto scandalizzato, gli sembravano poca cosa e quasi si augurava di sorprenderla in quegli atteggiamenti di scoperta e inverecondità naturalezza di cui il Saro e i ragazzi gli avevano poco avanti fornito la nozione.

A dire il vero non gli sarebbe forse venuto cosí presto il desiderio di spiare e sorvegliare sua madre con il preciso proposito di distruggere l'aura di dignità e di rispetto che l'aveva sin'allora avvolta ai suoi occhi, se il caso non l'avesse quello stesso giorno messo con violenza su questa strada. Tornati a casa, madre e figlio pranzarono quasi senza parlarsi. La madre pareva distratta; e Agostino, tutto ai suoi nuovi e per lui increduli pensieri, contro il solito era taciturno. Ma poi, dopopranzo, venne ad un tratto ad Agostino un desiderio irresistibile di uscire di casa e raggiungere la banda dei ragazzi. Gli avevano detto che si riunivano allo stabilimento Vespucci nelle prime ore del pomeriggio per decidere le scorribande e le prodezze della giornata; e, passato il primo sentimento di ripugnanza e di timore, quella compagnia brutale e umiliante tornava ad esercitare sul suo animo un'oscura attrattiva. Egli era nella sua stanza, disteso sopra il letto, nella penombra rada e calda delle persiane accostate; e giocava, come soleva, supino e con gli occhi rivolti al soffitto con la peretta di legno della luce elettrica. Di fuori giungevano solo pochi rumori, rotolare di ruote di una carrozza solitaria, acciottolio di piatti e di bicchieri nelle sale aperte sulle strade di una pensione che stava di fronte alla casa; per contrasto con questo silenzio del pomeriggio estivo, i rumori della casa si trovavano come isolati e resi piú distinti. Udí cosí la madre entrare nella stanza accanto, e poi camminare con i tacchi sonori sulle mattonelle del pavimento. Ella andava e veniva, apriva e chiudeva cassetti, smuoveva seggiole, toccava oggetti. « Ora si corica » egli pensò ad un tratto riscotendosi dal torpore che l'aveva pian piano investito, « e allora non potrò piú avvertirla che voglio andarmene sulla spiaggia ». Spaventato, si levò dal letto e uscí dalla stanza. La sua camera dava sopra il ballatoio, di fronte alla scala, la porta della madre era attigua alla sua. Egli si avvicinò, ma trovandola socchiusa, invece di bussare come faceva, forse guidato inconsapevolmente da quel suo nuovo desiderio di sorprendere l'intimità materna, sospinse dolcemente il battente aprendolo a metà. La camera della madre, molto piú grande della sua, aveva il letto accanto alla porta; e proprio di fronte alla porta un cassettone sormontato da un largo specchio. La prima cosa che vide fu la madre ritta in piedi davanti a questo cassettone.

Ella non era nuda come aveva quasi presentito e sperato affacciandosi, bensí quasi spogliata e in atto di togliersi davanti allo specchio la collana e gli orecchini. Indossava una camiciola di velo che non le giungeva che a mezz'anca. Poi, sotto i due rigonfi ineguali e sbilanciati dei lombi, uno più alto e come contratto l'altro più basso e come disteso e indolente, le gambe eleganti si assottigliavano in un atteggiamento neghittoso dalle cosce lunghe e forti giú giú per il polpaccio fino all'eseguità del calgagno. Le braccia alzate a staccare la fibbia della collana imprimevano al dorso tutto un movimento visibile entro la trasparenza del velo, per cui il solco che spartiva quella larga carne matura pareva confondersi e annullarsi in due groppe diverse, l'una in basso sotto le reni, l'altra in alto sotto la nuca. Le ascelle si spalancavano all'aria come due fauci di serpenti; e come lingue nere e sottili ne sporgevano i lunghi peli molli che parevano avidi di stendersi senza più la costrizione pesante e sudata del braccio. Tutto il corpo grande e splendido sembrava, sotto gli occhi trasognati di Agostino, vacillare e palpitare nella penombra della camera e come per una lievitazione della nudità ora slargarsi smisuratamente riassorbendo nella rotondità fenduta e dilatata dei fianchi cosí le gambe come il torso e la testa ora invece ingigantirsi affusolandosi e stirandosi verso l'alto, toccando con un'estremità il pavimento e con l'altra il soffitto. Ma nello specchio in un'ombra misteriosa di pittura annerita, il viso pallido e lontano pareva guardarlo con occhi lusinghieri e la bocca sorridergli tentante.

Il primo impulso di Agostino, a tale vista, fu di ritirarsi in fretta; ma subito questo nuovo pensiero: « è una donna », lo fermò, le dita aggrappate alla maniglia, gli occhi spalancati. Egli sentiva tutto il suo antico animo filiale ribellarsi a quella immobilità e tirarlo indietro; ma quello nuovo, ancora timido eppure già forte, lo costringeva a fissare spietatamente gli occhi riluttanti là dove il giorno prima non avrebbe osato levarli. Cosí, in questo combattimento tra la ripugnanza e l'attrattiva, tra la sorpresa e il compiacimento, piú fermi e piú nitidi gli apparvero i particolari del quadro che contemplava: il gesto delle gambe, l'indolenza della schiena, il profilo delle ascelle; e gli sembrarono in tutto rispondenti a quel suo nuovo sentimento che non aveva bisogno che di queste conferme per signoreggiare appieno la sua fantasia. Precipitando ad un tratto dal rispetto e dalla riverenza nel sentimento contrario, quasi avrebbe voluto che quelle goffaggini si sviluppassero sotto i suoi occhi in sguaiataggini, quelle nudità in procacità, quell'incoscienza in colpevole nudità. I suoi occhi da attoniti si facevano curiosi, pieni di un'attenzione che gli pareva quasi scientifica e che in realtà doveva la sua falsa obbiettività alla crudeltà del sentimento che la guidava. Intanto, mentre il

sangue gli saliva rombando alla testa, si ripeteva « è una donna... nient'altro che una
donna »; e gli parevano, queste parole, altret-
tante sferzate sprezzanti e ingiuriose su quel
dorso e su quelle gambe.

La madre, toltasi la collana e posatala sul
marmo del cassettone, incominciò, riunendo
con gesto grazioso le due mani al lobo dell'o-
recchio, a svitare uno degli orecchini. In questo gesto, teneva la testa inclinata sulla spalla, girandola alquanto verso la stanza. E allora Agostino temette che ella lo vedesse nel
grande specchio della psiche situata poco lontano, nel vano della finestra; nel quale, infatti, poteva scorgersi tutto intero, ritto e furti-
vo, tra i battenti della porta. Levata con sforzo la mano, batté leggermente contro lo sti-
pite domandando: « si può ».

« Aspetta un momento caro » disse la madre tranquillamente. Agostino la vide muoversi, scomparire dai suoi occhi; poi, dopo un
leggero tramestio, ella riapparve indossando
una lunga vestaglia di seta azzurra.

« Mamma » disse Agostino senza levare
gli occhi, « io vado sulla spiaggia ».

« A quest'ora? » disse la madre distrattamente « ma fa caldo... non sarebbe meglio che
tu dormissi un poco? » Una mano si sporse e
gli fece una carezza sulla guancia. Con l'altra
mano la madre si ravviava dietro la nuca una
ciocca allentata dei suoi lisci capelli neri.

Agostino, tornato per l'occorrenza bambino, non disse nulla, restando, come soleva fare quando qualche sua richiesta non veniva accolta, ostinatamente muto, gli occhi rivolti a terra, il mento inchiodato sul petto. Questo gesto era ben noto alla madre che l'interpretò alla maniera solita. « Ebbene se proprio ci tieni » ella soggiunse « va pure... ma prima passa in cucina e fatti dare la merenda... ma non mangiarla subito, mettila in cabina... e soprattutto non fare il bagno prima delle cinque... del resto a quell'ora verrò io e faremo il bagno assieme ». Erano le solite raccomandazioni.

Agostino non rispose nulla e corse via a piedi nudi per i gradini di pietra della scala. Udí dietro di lui, la porta della camera della madre chiudersi dolcemente.

Discese di corsa la scala, nel vestibolo si infilò i sandali, aprí la porta e uscí nella strada. L'investirono subito la bianca vampa, il silenzioso fervore del solleone. In fondo alla strada, in un'aria tremolante e remota, il mare scintillava immobile. All'estremità opposta la pineta inclinava i rossi tronchi sotto le masse verdi e afose dei rotondi fogliami.

Esitò domandandosi se gli convenisse recarsi al bagno Vespucci lungo il mare o lungo la pineta, poi scelse il primo partito perché, sebbene di gran lunga piú battuta dal sole, quella via non lo esponeva al pericolo di oitrepassare lo stabilimento senza avvedersene. Percorse tutta la strada fin dove confluiva sul lungomare quindi prese a camminare in fretta rasente i muri.

Non se ne rendeva conto, ma ciò che l'attirava al bagno Vespucci, oltre alla compagnia cosí nuova dei ragazzi, era proprio quel dileggio brutale su sua madre e i suoi supposti amori. Egli avvertiva che l'affetto di un tempo stava cambiandosi in un sentimento tutto diverso, insieme obbiettivo e crudele; e gli pareva che quelle ironie pesanti, per il solo fatto di affrettare questo cambiamento, andassero ricercate e coltivate. Perché poi desiderasse tanto di non amare piú sua madre, perché odiasse questo suo amore, non avrebbe saputo dirlo. Forse per il risentimento di essere stato tratto in inganno e di averla creduta cosí diversa da quella che era nella realtà; forse perché, non avendo potuto amarla senza difficoltà e offesa, preferiva non amarla affatto e non vedere piú in lei che una donna. D'istinto cercava di liberarsi una volta per sempre dall'impaccio e dalla vergogna del vecchio affetto ignaro e tradito; che gli appariva ormai nient'altro che ingenuità e sciocchezza. Per questo, la stessa crudele attrattiva che poco prima l'aveva fatto sostare con gli occhi fissi sul dorso materno, ora lo spingeva a ricercare la compagnia umiliante e brutale dei ragazzi. Quei discorsi irriverenti non erano forse, come la nudità intravista, distruttori della vecchia convinzione filiale che ora tanto gli ripugnava? Medicina molto amara, ne sarebbe morto o sarebbe guarito.

Come giunse in vista allo Stabilimento Vespucci, rallentò il passo e sebbene il cuore gli battesse a gran colpi e il respiro quasi gli mancasse, assunse un'aria di indifferenza.

Il Saro sedeva come il solito sotto la tenda, al suo sbilenco tavolinetto su cui si vedevano un fiasco di vino, un bicchiere e una scodella con i resti di una zuppa di pesce. Ma intorno il Saro non pareva esserci nessuno. O meglio, come giunse presso la tenda scoprí, tutto nero sulla bianchezza della rena, il negretto Homs.

Il Saro non pareva curarsi piú che tanto del negro e fumava assorto, un vecchio e sdrucito cappelluccio di paglia calato sugli occhi. « Non ci sono? » domandò Agostino con voce di delusione.

Il Saro levò gli occhi verso di lui, lo considerò un momento, quindi disse: « Sono andati tutti a Rio ». Rio era una località deserta del litorale, qualche chilometro piú in là, dove, tra sabbie e canneti, sfociava un fiumicello.

«Ah!» fece Agostino con disappunto, « sono andati a Rio... e a che fare? ».

Fu il negro a rispondergli. « Sono andati a far colazione » e accennò un gesto espressivo portando la mano alla bocca. Ma il Saro scosse la testa e disse: « voialtri ragazzi non sarete contenti finché non vi sarete buscata qualche fucilata ». Era chiaro che la colazione non era che un pretesto per andare a rubacchiare frutta nei campi, cosí parve almeno ad Agostino di capire.

« Io non ci sono andato » ribatté il negro come per farsi valere presso il Saro, in tono di adulazione.

« Tu non ci sei andato perché non ti hanno voluto » disse il Saro con tranquillità.

Il negro protestò dimenandosi nella rena: « no, non ci sono andato per restare con te ».

Aveva una voce melata e cantante. Sprezzantemente il Saro disse: « chi ti dà il diritto di darmi del tu, moro?... non siamo mica fratelli, mi pare... ».

« No... non siamo fratelli » rispose quello senza scomporsi, anzi giubilante, come se avesse trovato un piacere profondo in questa osservazione.

« E allora sta al posto tuo » finí il Saro. Quindi rivolto ad Agostino: « sono andati a rubare frutta e granturco... ecco la colazione ».

« E torneranno? » domandò Agostino ansioso.

Il Saro non disse nulla, guardava Agostino e pareva seguire un suo calcolo. « Non torneranno cosí presto » rispose poi lentamente, « non prima di stanotte... ma se vogliamo, noi possiamo raggiungerli... ».

« E in che modo? ».

« Con la barca » disse il Saro.

« Oh sí, andiamo in barca » gridò il negro. zelante ed eccitato si levò e venne accanto all'uomo. Ma il Saro non lo guardò neppure. « Ho la barca a vela... in mezz'ora o poco piú siamo a Rio... se il vento è buono ».

« Sí, andiamo » disse Agostino contento, « ma se sono per i campi... come faremo a trovarli? ».

« Non aver paura » disse il Saro levandosi e dandosi un'assestata alla fascia nera che gli cingeva la pancia, « si trovano di certo ». Quindi si voltò verso il negro che lo spiava ansioso e soggiunse: « tu moro, aiutami a portare la vela e l'albero ».

« Subito... subito Saro » ripeté il negro giubilante; e seguí il Saro nella baracca.

Rimasto solo, Agostino si levò in piedi e guardò intorno. Si era levato un piccolo maestrale e il mare, tutto increspato, si era fatto di un azzurro quasi violetto. In un polverio di sole e di sabbia, il litorale, tra il mare e la pineta, appariva deserto a perdita d'occhio. Agostino che non sapeva dove fosse Rio, seguiva con occhio invaghito la linea capricciosa, tutta sporgenze e rientranze, della spiaggia solitaria lungo il mare. Dove era Rio? forse laggiú, dove la furia del sole confondeva cielo, mare e sabbia in una sola diffusa caligine?

La gita lo attraeva infinitamente e per niente al mondo avrebbe rinunziato a farla.

Fu scosso da queste riflessioni dalle voci dei due che uscivano dalla baracca. Il Saro portava su un braccio tutto un mucchio di cordami e di vele e stringeva nell'altra mano un fiasco; dietro di lui veniva il negro, imbracciando come una lancia un lungo albero per metà dipinto di verde. « Allora si va » disse il Saro senza guardare Agostino e avviandosi lungo la spiaggia. Ad Agostino parve, non sapeva perché, curiosamente precipitoso, contro il suo solito. Anche notò che quelle sue ripugnanti narici scoperte parevano piú rosse e infiammate del solito, come se tutte quelle venuzze che vi si ramificavano, si fossero ad un tratto inturgidite di un sangue piú abbondante e piú acceso. « Si va... si va » cantarellava il negro improvvisando dietro il Saro, con quell'albero sotto il braccio, una specie di danza sopra la sabbia. Ma il Saro era ormai presso le cabine; e allora il negro rallentò il passo aspettando Agostino. Come questi gli fu presso, il negro fece un cenno di intelligenza. Interdetto, Agostino si fermò.

« Senti » disse il negro con aria familiare: « io debbo parlare con Saro di certe cose... per questo, fammi il piacere... non venire... vattene... ».

« Perché? » domandò Agostino stupito.

« Se ti ho detto che debbo parlare con Saro da solo a solo » disse l'altro con impazienza, battendo il piede in terra.

« Io debbo andare a Rio » rispose Agostino.

« Ci andrai un'altra volta ».

« No... non posso ».

Il negro lo guardò, nei suoi occhi bianchi, nelle sue narici unte e frementi, si leggeva una passione ansiosa che ripugnava ad Agostino. « Senti Pisa » disse, « se non vieni... ti do una cosa che non hai mai visto ». Lasciò cadere l'albero e si frugò in tasca. Apparve una fionda fatta con una forcella di pino e due elastici legati insieme. « Non è bella? » disse il negro mostrandogliela.

Ma Agostino voleva andare a Rio; e poi la insistenza del negro l'insospettiva. « No... non posso » rispose.

« Prendi la fionda » disse l'altro cercandogli la mano e tentando di ficcargli l'oggetto nella palma, « prendi la fionda e vattene ».

« No » ripeté Agostino, « è impossibile ».

« Ti do la fionda e queste carte » disse il negro. Si frugò ancora nelle tasche e trasse un piccolo mazzo di carte dal rovescio rosa e dal taglio dorato, « prendi tutte e due e vattene... con la fionda potrai ammazzare gli uccelli... le carte sono nuove... ».

« Ti ho detto di no » disse Agostino.

Il negro lo guardò turbato e supplichevole. Grosse gocce di sudore gli imperlavano la fronte, il viso gli si contrasse ad un tratto in una espressione lamentosa. « Ma perché non vuoi? » piagnucolò.

« Non voglio » disse Agostino; e tutto ad un tratto fuggí verso il bagnino che aveva ormai raggiunto la barca sulla spiaggia. Udí il negro gridare: « te ne pentirai »; e ansimante raggiunse il Saro.

La barca stava poggiata sopra due rulli di abete grezzo, un po' dentro la spiaggia. Il Saro, buttate le vele dentro la barca, pareva spazientito. « Ma che fa? » domandò ad Agostino indicando il negro.

« Ora viene » disse Agostino.

Il negro infatti accorreva, l'albero sotto il braccio, spiccando dei gran salti sulla sabbia. Il Saro prese l'albero con le sei dita della mano destra e poi con le sei della sinistra lo sollevò e lo piantò in un foro del sedile di mezzo. Quindi salí nella barca, legò la cima della vela, fece scorrere la corda; la vela salí fino in vetta all'albero. Il Saro si voltò verso il negro e disse: « ora diamoci sotto ».

Il Saro si mise di fianco alla barca afferrando i bordi della prua, il negro si preparò a spingere a poppa. Agostino che non sapeva che fare, guardava. La barca era di media grandezza, metà bianca e metà verde. Sulla prua, a lettere nere, si leggeva « Amelia ». « Ah issa » disse il Saro. La barca scivolò sui rulli avanzando sulla sabbia. Il negro, appena il rullo posteriore si trovò fuori della chiglia, si chinò, lo prese in braccio, lo strinse contro il petto come un bambino e saltellando sulla sabbia come per un balletto di nuovo genere, corse a sottoporlo a prua. «Ah... issa» ripeté il Saro. La barca scivolò di nuovo un bel tratto, di nuovo corse il negro da poppa a prua salta-beccando e caprioleggiando con il rullo tra le braccia, ci fu una nuova spinta finale, quindi la barca discese nell'acqua con la prua in basso e galleggiò. Il Saro salí nella barca e prese ad infilare i remi negli scalmi. Pur infilando i remi, il Saro accennò ad Agostino di salire; con una specie di complicità che pareva escludere il negro. Agostino entrò nell'acqua fino al ginocchio e fece per montare. Non ci sarebbe riuscito se ad un tratto le sei dita della mano destra del Saro non l'avessero afferrato saldamente per un braccio tirandolo su come un gatto. Egli guardò in su. Il Saro, pur sollevandolo, non lo guardava ma badava a raddrizzare il remo con la mano sinistra. Pieno di ripugnanza per quelle dita che l'avevano ghermito, Agostino andò a sedersi a poppa. «Bravo» disse il Saro, «siediti lí... ora si porta la barca di fuori».

«Aspettami, vengo anch'io» gridò il negro dalla riva. Trafelato si gettò in acqua, si fece presso la barca e ne afferrò i bordi. Ma il Saro disse: «no, tu non vieni».

«Come farò?» gridò quello addolorato, «come farò?'».

« Prenderai il tram » rispose il Saro remando di lena, in piedi, « vedrai che arrivi prima di noi ».

« Perché Saro » insistette ancora il negro lamentosamente, correndo nell'acqua accanto alla barca, « perché Saro? Vengo anch'io ».

Il Saro, senza dir parola, lasciò i remi, si chinò e mise una mano larga, enorme, sulla faccia del negro. « Ti ho detto che non verrai » ripeté calmo, e con una sola spinta rovesciò il negro indietro, nell'acqua. « Perché Saro? » continuava a gridare il negro, « perché Saro? », e la sua voce lamentosa, tra gli schizzi dell'acqua suonava sgradevolmente all'orecchio di Agostino, ispirandogli una torbida pietà. Egli guardò il Saro che sorrise e disse: « è cosí noioso... che ce ne facevamo?... ».

Ora la barca si era allontanata da riva. Agostino si voltò e vide il negro uscire dall'acqua agitando il pugno con un gesto di minaccia che gli parve rivolto contro di lui.

Il Saro senza dir parola ritirò i remi e li distese in fondo alla barca. Quindi andò a prua e legò la vela all'albero distendendola. La vela sventolò un momento indecisa, come se il vento la percotesse da ambo le parti, quindi, tutto ad un tratto, con uno schiocco forte, piegò a sinistra tendendosi e gonfiandosi. Ubbidiente la barca si piegò anch'essa sul fianco sinistro e cominciò a filare sulle onde leggere e scherzose del maestrale. « Ecco fatto » disse il Saro, « ora possiamo distenderci e riposare un poco ». Egli si calò in fondo alla barca e invitò Agostino a stendersi accanto a lui. « Se ci sediamo sul fondo » spiegò come giustificandosi, « la barca corre di piú ». Agostino ubbidí e si trovò seduto sul fondo della barca a fianco del Saro.

La barca correva agilmente nonostante la sua sagoma panciuta, inclinata sul fianco, andando su e giú sulle piccole onde e ogni tanto impennandosi come un puledro che morda il freno. Il Saro stava disteso con la testa appoggiata al sedile e un braccio girato dietro la nuca di Agostino a regolare la barra del timone e per un poco non disse nulla. « Vai a scuola? » domandò finalmente.

Agostino lo guardò. Quasi supino, il Saro pareva esporre con voluttà quel suo naso dalle narici scoperte e infiammate al vento marino come con desiderio di rinfrescarlo. Aveva la bocca semiaperta sotto i baffi, gli occhi socchiusi. Per il camiciotto sbottonato si vedeva il pelo arruffarsi sul suo petto grigio e sporco. « Sí » disse Agostino con un fremito di improvvisa paura.

« Che classe fai? ».

« La terza ginnasiale ».

« Dammi la mano » disse il Saro; e prima che Agostino potesse rifiutarsi, gli afferrò la mano nella sua. Ad Agostino parve di sentirsela serrare non in una mano ma in una tagliola. Le sei dita corte e tozze gli ricoprivano la mano, ne facevano il giro e si congiungevano di sotto. « E cosa ti insegnano? » continuò il Saro sdraiandosi meglio e come sommergendosi in una specie di beatitudine.

« Latino... italiano... geografia... storia » balbettò Agostino.

« T'insegnano le poesie... le belle poesie? » domandò il Saro con una voce dolce.

« Sí » disse Agostino, « anche le poesie ».

« Dimmene una ».

La barca si impennò e il Saro senza muoversi né modificare il suo atteggiamento di beatitudine, diede un colpo al timone. « Ma non so » disse Agostino impacciato e spaurito, « mi insegnano tante poesie... Carducci... ».

« Ah sí Carducci... » ripeté il Saro meccanicamente, « dimmi una poesia di Carducci ».

« Le fonti del Clitunno » propose Agostino esterrefatto da quella mano che non lasciava la presa e cercando pian piano di svincolarla...

« Sí, le fonti del Clitunno » disse il Saro con voce di sogno.

« *Ancor dal monte che di foschi ondeggia
frassini al vento mormoranti e lunge* »
incominciò Agostino con voce malsicura.

La barca filava, il Saro sempre sdraiato, il naso al vento, gli occhi chiusi, prese a far dei cenni col capo come scandendo i versi. Attaccandosi ad un tratto alla poesia come al solo mezzo per sottrarsi ad una conversazione che intuiva compromettente e pericolosa, Agostino continuò a recitare lentamente e chiaramente. Intanto cercava di svincolare la mano dalle sei dita che la stringevano. Ma le dita erano piú salde che mai. Agostino vedeva con terrore avvicinarsi la fine della poesia; e, tutto ad un tratto attaccò all'ultima strofa delle «Fonti del Clitunno» il primo verso di «Davanti a San Guido». Era anche una prova, se ce n'era bisogno, per confermarsi che al Saro non importava nulla della poesia e che altri erano i suoi scopi; quali poi fossero non gli riusciva di capire. L'esperimento riuscí. «*I cipressi che a Bolgheri alti e schietti*» suonò improvvisamente senza che il Saro mostrasse di accorgersi del cambiamento. Allora Agostino interruppe di recitare e disse con voce esasperata: «lasciatemi, vi prego»; cercando insieme di svincolarsi.

Il Saro trasalí, e senza lasciarlo, aprí gli occhi, si voltò e lo guardò. Doveva esserci nel viso di Agostino una tale forsennata ripugnanza, un terrore cosí poco dissimulato, che il Saro parve capire improvvisamente che tutto il suo piano era fallito. Lentamente, un dito dopo l'altro, liberò la mano indolenzita di Agostino e poi disse con voce bassa, come parlando a sé stesso: « di che hai paura? ora ti porto a riva ».

Pesantemente si tirò su, e diede un colpo alla barra. La barca voltò la prua verso la riva.

Senza dir parola, fregandosi la mano indolenzita, Agostino si levò dal fondo della barca e andò a sedersi a prua. La barca adesso non era troppo lontana dalla riva. Si vedeva tutta la spiaggia, di bianca deserta sabbia battuta dal sole, larghissima in quel punto; dietro la spiaggia, la pineta si affoltiva, inclinata e livida. Rio era una fenditura svasata in quella rena alta; piú a monte, i canneti facevano una macchia verdeazzurra. Ma prima di Rio, Agostino notò sulla spiaggia un gruppo di persone riunite. Dal gruppo saliva verso il cielo un lungo filo di fumo nero. Egli si voltò verso il Saro che seduto a poppa regolava con una mano il timone e domandò « sbarchiamo qui? ».

« Sí, quello è Rio » rispose il Saro con indifferenza.

Come la barca venne sempre piú avvicinandosi a riva, Agostino vide il gruppo che circondava il fuoco, sparpagliarsi ad un tratto correndo verso la sponda; e comprese che erano i ragazzi. Li vide che agitavano le mani, senza dubbio gridavano, ma il vento si portava via le voci. « Sono loro? » domandò trepidante.

« Sí sono loro » disse il Saro.

La barca si andava sempre piú accostando e Agostino poté distinguere chiaramente i ragazzi. Nessuno mancava: c'erano il Tortima, Berto, Sandro e tutti gli altri. E c'era anche, ma questa scoperta, non sapeva neppur lui perché, gli riuscí sgradevole, il negro Homs che, come gli altri, saltava e gridava lungo la riva.

La barca filò dritta verso la sponda, quindi il Saro diede un colpo al timone mettendola di traverso; e gettatosi sulla vela l'abbracciò, la ridusse e la calò. La barca si dondolò immobile nell'acqua bassa. Il Saro prese dal fondo della barca un ancorotto e lo lanciò in mare. « Si scende » disse. Scavalcò il bordo della barca e camminando nell'acqua andò incontro ai ragazzi che lo aspettavano a riva.

Agostino vide i ragazzi affollarglisi intorno con una specie di applauso che il Saro accolse scuotendo il capo. Altro applauso piú clamoroso salutò anche il suo arrivo; e per un momento si illuse che fosse di amichevole cordialità. Ma subito si accorse che si sbagliava. Tutti ridevano tra sarcastici e sprezzanti. Berto gridò: « e bravo il nostro Pisa a cui piacciono le gite in barca »; il Tortima gli fece un versaccio accostando la mano alla bocca; gli altri facevano eco. Persino Sandro, di solito cosí riservato, gli parve che lo guardasse con disprezzo. Quanto al negro, badava a saltellare intorno al Saro che camminava avanti a tutti incontro al fuoco che i ragazzi avevano acceso sulla spiaggia. Stupito, vagamente allarmato, Agostino andò con gli altri a sedersi intorno il fuoco.

I ragazzi avevano fatto con la sabbia compressa e bagnata una specie di rozzo cunicolo. Dentro vi bruciavano pigne secche, aghi di pino e sterpaglia. Collocate di traverso sulla bocca del cunicolo, una decina di pannocchie di granturco arrostivano lentamente. Presso il fuoco si vedeva sopra un giornale molta frutta e un grosso cocomero. « E bravo il nostro Pisa » riprese Berto come si furono seduti « tu e Homs ormai siete compagni... avvicinatevi l'uno all'altro... siete, come dire?, fratelli... lui è moro, tu sei bianco, ma la differenza è poca... a tutti e due vi piace di andare in barca... ».

Il negro ridacchiava soddisfatto. Il Saro accovacciato badava a rigirare le pannocchie sul fuoco. Gli altri sghignazzavano. Berto spinse la derisione fino a dare uno spintone ad Agostino buttandolo contro il negro, in modo che per un momento essi furono addossati l'uno all'altro, l'uno ridacchiante nella sua bassezza e come lusingato, l'altro incomprensivo e pieno di ripugnanza. « Ma io non vi capisco » disse ad un tratto Agostino. « Sono andato in barca... che male c'è? ».

« Ah, che male c'è... è andato in barca... che male c'è » ripeterono molte voci ironiche. Alcuni si tenevano la pancia dal gran ridere.

« Eh già, che male c'è » ripeté Berto rifacendogli il verso, « non c'è nessun male... anzi, Homs pensa che sia proprio un bene... non è vero Homs? »

Il negro assentí giubilante. Ora ad Agostino cominciava ad albeggiare seppure in maniera confusa, la verità; ché non poteva fare a meno di stabilire un nesso tra quelle beffe e lo strano contegno del Saro durante la gita. « Non so che cosa volete dire » dichiarò, « io in questa gita in barca non ho fatto nulla di male... Saro mi ha fatto recitare delle poesie... ecco tutto ».

« Ah... ah... le poesie » si sentí gridare da ogni parte.

« Non è vero. Saro che ho detto la verità? » gridò Agostino rosso in viso.

Il Saro non disse né si né no; contentandosi di sorridere e sogguardandolo, si sarebbe detto, con curiosità. I ragazzi scambiarono questo contegno in apparenza indifferente e in realtà traditore e vanitoso, per una smentita ad Agostino. « Si capisce » si udiva ripetere da molte voci, « va a chiedere all'oste se il vino è buono... non è vero Saro? bella questa... ah, Pisa, Pisa... ».

Il negro, soprattutto, vendicativo, pareva godersela. Agostino gli si rivoltò e gli domandò bruscamente tremando per la collera: « che hai da ridere? ».

« Io, nulla » disse quello scostandosi.

« E non vi litigate... Saro penserà lui a mettervi d'accordo » disse Berto. Ma già i ragazzi, come se la cosa a cui alludevano fosse pacifica e non meritasse più neppure di essere discussa, parlavano d'altro. Raccontavano come si fossero insinuati in un campo e vi avessero rubato il granturco e la frutta; come avessero veduto il contadino venirgli incontro furioso, armato di fucile; come fossero scappati e il contadino avesse sparato una fucilata di sale senza tuttavia colpire nessuno. Le pannocchie intanto erano pronte, rosolate e abbrustolite sul fuoco quasi spento. Il Saro le tolse dal fornello e con il solito paterno compiacimento, le distribuí a ciascuno. Agostino approfittò di un momento che tutti erano intenti a mangiare, e con una capriola si fece presso a Sandro che un po' in disparte sgranocchiava il suo granturco.

« Io non capisco » incominciò. L'altro gli lanciò uno sguardo d'intelligenza e Agostino comprese che non aveva bisogno di dire altro. « È venuto il moro in tramvai » pronunziò Sandro lentamente « e ha detto che tu e il Saro siete andati in barca ».

« Ebbene, che male c'è? ».

« Io non c'entro » rispose Sandro, gli occhi

81

rivolti a terra, « sono affari vostri... di te e del moro... ma il Saro » egli non finí la frase e guardò Agostino.

« E allora? ».

« Beh... io col Saro solo non ci andrei in barca ».

« Ma perché? ».

Sandro si guardò intorno e poi abbassando la voce diede ad Agostino la spiegazione che questi presentiva senza rendersene conto. « Ah » fece Agostino. E senza potere dire di piú tornò al gruppo.

Accovacciato in mezzo ai ragazzi, con quella sua testa bonaria e fredda reclinata verso la spalla, il Saro pareva proprio un buon papà tra i suoi figlioli. Ma Agostino ora non poteva guardarlo senza un odio fondo, piú forte ancora di quello che provava contro il negro. Ciò che soprattutto gli rendeva odioso il Saro era quella reticenza di fronte alle sue proteste; come a lasciare intendere che le cose di cui lo accusavano i ragazzi erano realmente avvenute. D'altra parte non poteva fare a meno di avvertire non sapeva che distanza di disprezzo e di derisione tra lui e i compagni; quella stessa distanza che, ora se ne accorgeva, frapponevano tra loro e il negro; soltanto che il negro, invece di esserne come lui umiliato e offeso, pareva in qualche modo goderne. Piú di una volta tentò di attaccare discorso sull'argomento che gli bruciava, ma sempre incontrò sia la canzonatura sia una noncuranza ingiuriosa. Del resto sebbene la spiegazione di Sandro fosse stata chiarissima, egli non riusciva ancora a comprendere perfettamente quanto era accaduto. Tutto era oscuro in lui e intorno a lui. Come se invece della spiaggia, del cielo e del mare non vi fossero state che tenebre, nebbia e forme indistinte e minacciose.

I ragazzi intanto avevano finito di divorare i grani arrostiti delle pannocchie e buttavano via i torsoli nella sabbia. « Si va a fare il bagno a Rio? » propose qualcuno; e subito la proposta fu accettata. Anche il Saro che doveva poi riportarli tutti in barca allo stabilimento Vespucci, si levò e venne con loro.

Camminando sulla sabbia, Sandro si staccò dal gruppo e venne accanto ad Agostino. « Sei offeso col moro » gli disse sottovoce, « e tu fagli paura ».

« In che modo? » domandò Agostino avvilito.

« Picchialo ».

« È piú forte di me » disse Agostino che ricordava la contesa del braccio di ferro, « ma se tu mi aiuti... ».

« Come vuoi che ti aiuti... sono cose vostre... tra te e il moro ». Sandro disse queste parole con tono particolare, come a lasciare intendere che non pensava diversamente dagli altri sui motivi dell'odio di Agostino contro il negro. Agostino si sentí trafiggere il cuore da una amarezza profonda. Cosí anche Sandro partecipava e credeva alla calunnia, il solo che gli avesse mostrato un po' di amicizia. Dato questo consiglio, Sandro, come se avesse temuto di stargli troppo accanto, lasciò Agostino e raggiunse gli altri. Dalla spiaggia erano passati nella boscaglia bassa dei pini giovani; poi varcarono un sentiero sabbioso ed entrarono nel canneto. Le canne erano folte, molte portavano in cima bianchi pennacchi, i ragazzi apparivano e scomparivano tra quelle lunghe e verdi lance, sdrucciolando sulla melletta e smuovendo le canne con un fruscio arido delle rigide foglie fibrose. Trovarono alla fine un punto dove il canneto si allargava intorno un po' di proda melmosa; come apparvero, grossi ranocchi saltarono d'ogni parte dentro l'acqua compatta e vitrea; e, qui, l'uno contro l'altro, sotto gli occhi del Saro che seduto a ridosso delle canne sopra un sasso pareva assorto a fumare ma in realtà li spiava tra le palpebre socchiuse, presero a spogliarsi. Agostino si vergognava, ma timoroso di nuove beffe cominciò anche lui a slacciarsi i pantaloni, procurando di mettervi molta lentezza e sogguardando gli altri. I ragazzi invece parevano gioiosi di mettersi nudi e si strappavano i panni urtandosi e interpellandosi scherzosamente. Erano, contro lo sfondo delle canne verdi, tutti bianchi, di una bianchezza squallida e villosa, dall'inguine fino alla pancia; e questa bianchezza rivelava nei loro corpi quel non so che di storto, di sgraziato e di eccessivamente muscoloso che è proprio della gente che fatica manualmente. Soltanto Sandro, biondo all'inguine come in capo, grazioso e proporzionato, forse anche perché aveva la pelle egualmente abbronzata per tutto il corpo, non pareva neppure nudo; e per lo meno non nudo in quella laida maniera da piscina popolare. I ragazzi, preparandosi a tuffarsi, facevano cento lazzi osceni, scosciandosi, dandosi delle spinte, toccandosi, con un'impudenza e una sfrenata promiscuità che stupiva Agostino affatto nuovo a questo genere di cose. Era anche lui nudo, i piedi nudi neri e lordi di melletta fredda, ma volentieri si sarebbe nascosto dietro quelle canne, non fosse altro che per sfuggire agli sguardi che il Saro, accovacciato e immobile, in tutto simile a un enorme batrace abitatore del canneto, avventava su di lui tra gli occhi socchiusi. Soltanto, come il solito, la sua ripugnanza non era piú forte della torbida attrattiva che lo legava alla banda; e mescolata con essa indissolubilmente, non gli permetteva di capire quanto piacere si nascondesse in realtà in fondo a quel ribrezzo. I ragazzi si confrontavano a vicenda, vantando la loro virilità e la loro prestanza. Il Tortima, che era il piú vanitoso e al tempo stesso, cosí nerboruto e sbilanciato, il piú plebeo e squallido, si esaltò al punto da gridare ad Agostino: «e se io mi presentassi un bel mattino a tua madre... cosí nudo... lei che direbbe? ci verrebbe con me?».

«No» disse Agostino.

«E io invece dico che ci verrebbe subito» disse il Tortima, «mi darebbe un'occhiata... tanto per valutarmi... e poi direbbe: "su, Tortima, andiamo"».

Tanta goffaggine fece ridere tutti. E al grido di: «su, Tortima, andiamo» si slanciarono l'uno dopo l'altro nel fiume, buttandosi a capofitto proprio come quei ranocchi che il loro arrivo poco prima aveva disturbato.

La proda era circondata d'ogni parte dalle alte canne, in modo che si vedeva non piú che un tratto del fiume. Ma come furono nel mezzo della corrente, apparve loro il fiumicello intero che con un moto insensibile della compatta e scura acqua di canale andava a sfociare poco piú in giú, tra i sabbioni. A monte il fiume si inoltrava tra due file di bassi e gonfi cespugli argentei che spandevano sull'acqua specchiante certe loro vaghe ombre; fino ad un piccolo ponte di ferro dietro il quale le canne, i pini, i pioppi, folti e premuti gli uni contro gli altri, chiudevano il paesaggio. Una casa rossa, mezzo nascosta tra gli alberi, pareva sorvegliare questo ponte.

Per un momento Agostino, nuotando in

quell'acqua fredda e possente che pareva voler portar via le gambe, si sentí felice; e dimenticò ogni cruccio e ogni torto. I ragazzi nuotavano in ogni direzione, sporgendo il capo e le braccia sulla verde e liscia superficie; le loro voci risuonavano chiare nell'aria ferma e senza vento; attraverso la trasparenza di vetro dell'acqua, i loro corpi parevano bianche propaggini di piante che affiorando dal fondo cupo si muovessero di qua e di là secondo gli strappi della corrente. Egli si avvicinò a Berto che nuotava non lontano e gli domandò:

« Ci sono molti pesci in questo fiume? ».

Berto lo guardò e gli disse: « che fai qui?... perché non tieni compagnia a Saro? ».

« Mi piace nuotare » rispose Agostino addolorato, girando e allontanandosi.

Ma era meno forte ed esperto degli altri; e stancatosi ben presto, si lasciò andare secondo la corrente verso la foce. Presto i ragazzi con le loro grida e i loro schiamazzi gli furono alle spalle; i canneti si diradarono, l'acqua si fece limpida e incolore scoprendo il fondo sabbioso tutto percorso da fluttuanti increspature grigie. Finalmente, passata una pozza piú profonda, specie di occhio verde della corrente diafana, egli mise i piedi nella sabbia e, lottando contro la forza dell'acqua, uscí sulla proda. Il fiumicello confluiva nel mare arricciandosi e formando come una groppa d'acqua. Perdendo la sua compattezza, la corrente si allargava a ventaglio, si assottigliava, non piú che un velo liquido sui sabbioni lisci. Il mare risaliva il fiume con leggere onde orlate di spuma. Pozze dimenticate dalla corrente riflettevano qua e là il cielo brillante nella sabbia intatta e gonfia d'acqua. Tutto nudo, Agostino passeggiò per un poco su quelle sabbie tenere e specchianti, godendo a imprimervi con forza i piedi e a vedere l'acqua subito fiorire e allagare l'orme. Ora provava un vago, disperato desiderio di varcare il fiume e allontanarsi lungo il litorale, lasciando alle sue spalle i ragazzi, il Saro, la madre e tutta la vecchia vita. Chissà che forse, camminando sempre diritto davanti a sé, lungo il mare, sulla rena bianca e soffice, non sarebbe arrivato in un paese dove tutte quelle brutte cose non esistevano. In un paese dove sarebbe stato accolto come voleva il cuore, e dove gli fosse stato possibile dimenticare tutto quanto aveva appreso, per poi riapprenderlo senza vergogna né offesa, nella maniera dolce e naturale che pur doveva esserci e che oscuramente avrebbe voluto. Guardava alla caligine che sull'orizzonte avvolgeva i termini del mare, della spiaggia e della boscaglia e si sentiva attratto da quella immensità come dalla sola cosa che avrebbe potuto liberarlo della presente servitú. Le grida dei ragazzi che si avviavano attraverso la spiaggia verso la barca, lo destarono da queste dolenti fantasie. Uno di loro agitava i suoi vestiti, Berto gridava: « Pisa... si parte ». Si scosse e camminando lungo il mare raggiunse la banda.

Tutti i ragazzi si erano affollati nell'acqua bassa; il Saro badava ad avvertirli paternamente che la barca era troppo piccola per contenerli tutti; ma si vedeva che faceva per celia. Come infuriati, i ragazzi si gettarono gridando sulla barca, venti mani afferrarono i bordi e in un batter d'occhio la barca si trovò riempita di quei corpi gesticolanti. Alcuni si distesero sul fondo; altri si ammonticchiarono a poppa, intorno al timone; altri a prua; altri ancora sui sedili; alcuni infine sedettero sui bordi lasciando penzolare le gambe nell'acqua. La barca era veramente troppo piccola per tanta gente e l'acqua arrivava fin quasi ai bordi.

« Allora ci siamo tutti » disse il Saro pieno di buon umore. Ritto in piedi, sciolse la vela e la barca scivolò al largo. I ragazzi salutarono con un applauso questa partenza.

Ma Agostino non condivideva il loro buon umore. Spiava un'occasione favorevole per discolparsi e ottenere giustizia della calunnia che l'opprimeva. Approfittò di un momento che i ragazzi discutevano tra di loro, per avvicinarsi al negro che se ne stava tutto solo, inerpicato a prua, e pareva, cosí nero, quasi una polena di nuovo genere; e stringendogli forte un braccio gli domandò: « di' un po'... che cosa sei andato a dire poco fa di me? ».

Il momento era malscelto, ma Agostino non aveva potuto prima di allora avvicinare il negro, perché costui, consapevole del suo odio, durante tutto il tempo che erano stati a terra aveva fatto in modo di star lontano da lui. « Ho detto la verità » disse Homs senza guardarlo.

« E cioè? ».

Il negro ebbe una frase che spaventò Agostino: « non mi stringere, io ho detto soltanto la verità... ma se tu continuerai a metter su Saro contro di me, io andrò a raccontare ogni cosa a tua madre... sta attento Pisa ».

« Che? » esclamò Agostino intuendo l'abisso che gli si spalancava sotto i piedi, « cosa dici?... sei pazzo?... io... io ». Balbettava, incapace di seguire con le parole quello che l'immaginazione ad un tratto, come per un lurido strappo, gli mostrava. Ma non ebbe il tempo di continuare. Sulla barca era scoppiata una grande sghignazzata.

« Eccoli lí tutti e due, uno accanto all'altro » ripeteva Berto ridendo, « eccoli lí, bisognerebbe avere una macchina fotografica e fotografarli insieme, Homs e Pisa... restate, cari, restate insieme ». Il viso bruciante di rossore, Agostino si voltò e vide che tutti ridevano. Lo stesso Saro sorrideva sotto i baffi, gli occhi socchiusi nel fumo del sigaro. Ritraendosi come dal contatto di un rettile, Agostino si staccò dal negro, si prese le ginocchia tra le braccia e guardò il mare con occhi pieni di lagrime.

Era ormai il tramonto, rosso e nubiloso all'orizzonte sopra un mare violetto e percosso di luci vetrine e aguzze. La barca, nel vento che si era levato impetuoso, se ne andava come poteva, con tutti quei ragazzi a bordo che la facevano pericolosamente inclinare sopra un fianco. La barca aveva la prua rivolta al largo e pareva che fosse avviata non già a terra ma verso certi foschi profili di isole lontane che tra i rossi fiumi del tramonto spuntavano in fondo al mare gonfio come montagne in fondo a un altipiano. Il Saro, assestato tra le ginocchia il cocomero rubato dai ragazzi, l'aveva spaccato con il suo coltello da marinaio e ne tagliava grandi fette consistenti che distribuiva paternamente alla banda. I ragazzi si passavano le fette e le mangiavano con avidità mordendovi dentro e cacciandovi le guance oppure staccandone grossi pezzi di polpa. Poi, una dopo l'altra le scorze rosicchiate fino al bianco volarono soprabordo in mare. Dopo il cocomero, fu la volta del fiasco di vino tratto dal Saro con solennità dal sottopoppa. Il fiasco fece il giro della barca e anche Agostino dovette accettare di inghiottirne un sorso. Era caldo e forte, e gli diede subito alla testa. Riposto il fiasco vuoto, il Tortima intonò e tutti accompagnarono con il ritornello una canzonaccia indecente. Tra le strofe i ragazzi incitavano Agostino a cantare anche lui, tutti si erano accorti della sua cupezza; ma nessuno gli parlava se non per canzonarlo e pungerlo. Agostino ora sentiva una pesantezza, un senso di oppressione e di chiuso dolore che il mare fresco e ventilato e l'incendio magnifico del tramonto sulle acque violette gli rendevano piú amaro e insoffribile. Gli pareva sommamente ingiusto che in quel mare, sotto quel cielo, corresse una barca come la loro, cosí colma di cattiveria, di crudeltà e di perfida corruzione. Quella barca traboccante di ragazzi in tutto simili a scimmie gesticolanti e oscene, con quel Saro beato e gonfio al timone, gli pareva, tra il mare e il cielo, una vista triste e incredibile. A momenti si augurava che affondasse; e pensava che sarebbe morto volentieri tanto si sentiva anche lui infetto di quella impurità e come bacato. Lontane erano le ore del mattino quando aveva veduto per la prima volta la tenda rossa dello stabilimento Vespucci; lontane e come appartenenti ad un'età defunta. Ogni volta che la barca sormontava un'onda piú grossa tutta la banda dava un urlo che lo faceva trasalire; ogni volta che il negro gli parlava con quella sua ripugnante e ipocrita umiltà di schiavo, avrebbe voluto non udirlo e si ritraeva di piú sulla prua. Si rendeva oscuramente conto di essere entrato, con quella funesta giornata, in un'età di difficoltà e di miserie, ma non riusciva ad immaginare quando ne sarebbe uscito. La barca errò per un pezzo sul mare, giungendo fin quasi al porto e poi tornando indietro. Come approdarono, Agostino corse via senza salutare nessuno. Ma poi, a poca distanza, rallentò il passo. Volgendosi indietro vide lontano, sulla spiaggia rabbuiata, i ragazzi che aiutavano il Saro a tirare a secco la barca.

Dopo quel primo giorno incominciò per Agostino un tempo oscuro e pieno di tormenti. In quel giorno gli erano stati aperti per forza gli occhi; ma quello che aveva appreso era troppo più di quanto potesse sopportare. Più che la novità, l'opprimeva e l'avvelenava la qualità delle cose che era venuto a sapere, la loro massiccia e indigesta importanza. Gli era sembrato, per esempio, che dopo le rivelazioni di quel giorno i suoi rapporti con sua madre avrebbero dovuto chiarirsi; e che il malessere, il fastidio, la ripugnanza che, soprattutto negli ultimi tempi, destavano in lui le carezze materne, dopo le rivelazioni del Saro, dovessero trovarsi come d'incanto risolti e pacificati in una nuova e serena consapevolezza. Ma non era così; fastidio, malessere e ripugnanza sussistevano; soltanto, mentre prima erano stati quelli dell'affetto filiale attraversato e intorbidato dall'oscura coscienza della femminilità materna, adesso, dopo la mattinata passata sotto la tenda del Saro, nascevano da un sentimento di acre e impura curiosità che il persistente rispetto familiare gli rendeva intollerabile. Se prima egli aveva cercato oscuramente di sciogliere quell'affetto da una ripugnanza ingiustificata, ora gli pareva quasi un dovere di separare quella sua nuova e razionale conoscenza dal senso promiscuo e sanguinoso dell'esser lui figlio di quella persona che non voleva considerare che come una donna. Gli pareva che il giorno in cui non avesse visto in sua madre che la bella persona che ci scorgevano il Saro e i ragazzi, ogni infelicità sarebbe scomparsa; e si accaniva a ricercare le occasioni che lo confermassero in questa convinzione. Ma con il solo risultato di sostituire la crudeltà all'antica riverenza e la sensualità all'affetto.

La madre, come in passato, non si nascondeva in casa dai suoi occhi di cui non avvertiva lo sguardo cambiato; e maternamente impudica, pareva ad Agostino che quasi lo provocasse e lo ricercasse. Gli accadeva talvolta di sentirsi chiamare e di trovarla alla teletta, discinta, il petto seminudo; oppure di svegliarsi e di vederla chinarsi su di lui per il bacio mattutino, lasciando che la vestaglia si aprisse e il corpo si disegnasse entro la trasparenza della leggera camicia ancora spiegazzata della notte. Ella andava e veniva davanti a lui come se non ci fosse stato, si metteva le calze, se le toglieva; si infilava gli abiti; si profumava, si imbellettava; e tutti questi atti che un tempo erano sembrati ad Agostino affatto naturali, ora apparendogli significativi e quasi parti visibili di una realtà ben piú ampia e pericolosa, gli dividevano l'animo tra la curiosità e la sofferenza. Si ripeteva: « non è che una donna » con un'indifferenza obiettiva di conoscitore; ma un momento dopo, non sopportando piú l'inconsapevolezza materna e la propria attenzione, avrebbe voluto gridarle: « copriti, lasciami, non farti piú vedere, non sono piú quello di un tempo ». Del resto la sua speranza di considerare sua madre una donna e niente di piú, naufragò quasi subito. Ben presto si accorse che pur essendo diventata donna, ella restava ai suoi occhi, piú che mai madre; e comprese che quel senso di crudele vergogna che per un momento aveva attribuito alla novità dei suoi sentimenti, non l'avrebbe piú lasciato. Sempre, capí ad un tratto, ella sarebbe rimasta la persona che aveva amato di affetto sgombro e puro; sempre ella avrebbe mescolato ai suoi gesti piú femminili quelli affettuosi che per tanto tempo erano stati i soli che egli conoscesse; sempre, infine, egli non avrebbe potuto separare il nuovo concetto che aveva di lei dal ricordo ferito dell'antica dignità.

Egli non metteva in dubbio che tra la madre e il giovane del patino corressero i rapporti di cui avevano parlato i ragazzi sotto la tenda del Saro. E stupiva oscuramente del cambiamento intevenuto in lui. Un tempo non c'erano stati nel suo animo che gelosia di sua madre e antipatia per il giovane; ambedue poco chiare e come assopite. Ma ora, nello sforzo di restare obbiettivo e sereno, avrebbe voluto provare un sentimento di comprensione per il giovane e di indifferenza per sua madre. Soltanto quella comprensione non riusciva ad essere che complicità e quell'indifferenza indiscrezione. Poche volte ormai gli accadeva di accompagnarli in mare perché procurava sempre di sfuggire a quegli inviti; ma tutte quelle volte Agostino si accorgeva di studiare i gesti e le parole del giovane quasi con desiderio di vederlo oltrepassare i limiti della solita urbana galanteria; e quelli della madre quasi con la speranza di ricevere una conferma ai suoi sospetti. Questi sentimenti gli riuscivano insoffribili perché erano proprio il contrario giusto di quello che avrebbe desiderato. E quasi rimpiangeva la compassione che un tempo avevano destato nel suo animo le goffaggini materne; tanto più umana e affettuosa dell'attuale spietata attenzione.

Gli restava da quei giorni passati a combattersi, un senso torbido di impurità; gli pareva di aver barattato l'antica innocenza non con la condizione virile e serena che aveva sperato bensí con uno stato confuso e ibrido in cui senza contropartite di alcun genere, alle antiche ripugnanze se ne aggiungevano delle nuove. Che serviva vederci chiaro se questa chiarezza non portava che nuove e piú fitte tenebre? Talvolta si domandava come facessero i ragazzi piú grandi di lui ad amare la propria madre e al tempo stesso a sapere quello che egli stesso sapeva; e concludeva che questa consapevolezza doveva in loro uccidere a tempo l'affetto filiale, mentre in lui l'una non riusciva a scacciare l'altra e, coesistendo, torbidamente si mescolavano.

Come avviene, il luogo dove queste scoperte e questi combattimenti accadevano, la casa, gli era diventata presto insopportabile. Almeno al mare, il sole, la folla dei bagnanti, la presenza di tante altre donne lo distraevano e lo stordivano. Ma qui, tra quattro mura, solo con sua madre, gli pareva di essere esposto a tutte le tentazioni, insidiato da tutte le contraddizioni. La madre che al mare si confondeva con le mille altre nudità della spiaggia, qui appariva unica ed eccessiva. Come su un teatro ristretto, in cui le persone degli attori sembrino piú grandi del vero, ogni suo gesto e ogni sua parola avevano uno spicco straordinario. Agostino aveva un senso molto acuto e avventuroso dell'intimità familiare; durante l'infanzia i corridoi, i ripostigli, le stanze erano state per lui luoghi mutevoli e sconosciuti dove si potevano fare le piú curiose scoperte e vivere le piú fantastiche vicende. Ma ora, dopo l'incontro con i ragazzi della tenda rossa, quelle vicende e quelle scoperte erano di tutt'altro genere e tali che non sapeva se piú l'attraessero e lo spaventassero. Prima aveva finto agguati, ombre, presenze, voci, nei mobili e nelle pareti; ma ora piú che sulle finzioni della sua esuberanza fanciullesca, la sua fantasia si appuntava sulla nuova realtà di cui gli parevano impregnate le mura, le suppellettili, l'aria stessa della casa. E all'antico innocente fervore che si calmava a notte con il bacio materno e il sonno fiducioso, si era sostituito l'ardente e vergognosa indiscrezione che proprio a notte ingigantiva e pareva trovare maggiore alimento al suo fuoco impuro. Dovunque in casa gli pareva di spiare i segni, le tracce della presenza di una donna, la sola che gli fosse dato di avvicinare; e questa donna era sua madre. Starle accanto gli pareva sorvegliarla, avvicinarsi alla sua porta spiarla, e toccare i suoi panni toccare lei stessa che quei panni aveva indossato e tenuto sul corpo. Di notte poi, sognava ad occhi aperti gli incubi piú angosciosi. Gli sembrava talvolta di essere il bambino di un tempo, pauroso di qualche rumore, di qualche ombra, che ad un tratto si alzava e correva a rifugiarsi presso il letto materno; ma nel momento stesso che metteva i piedi in terra, pur tra la confusione del sonno, si accorgeva che quella paura nient'altro era che curiosità maliziosamente mascherata e che quella visita notturna avrebbe presto fatto, una volta che si fosse trovato nelle braccia della madre, a rivelare i suoi veri nascosti scopi. Oppure si destava all'improvviso e si domandava se per caso il giovane del patino non si trovasse addirittura dall'altra parte, nella stanza attigua, insieme con sua madre. Certi rumori gli sembrava che confermassero questo sospetto; altri lo dissipavano, si rivoltava un pezzo nel letto inquietamente; e alla fine senza sapere neppur lui come ci fosse arrivato, si ritrovava in camicia nel corridoio, davanti alla porta della madre in atto di ascoltare e di spiare. Una volta persino non aveva saputo resistere alla tentazione ed era entrato senza bussare; restando poi immobile nel mezzo della stanza in cui dalla finestra aperta si diffondeva, indiretto e bianco, il chiarore lunare, gli occhi sul letto dove i neri capelli sparsi e le lunghe gonfie forme avvolte rivelavano la presenza della donna. « Sei tu, Agostino » gli aveva domandato la madre destandosi. Senza dir parola egli era tornato in fretta nella sua stanza.

La ripugnanza a star presso la madre lo spingeva sempre piú a frequentare lo stabilimento Vespucci. Ma qui altri e diversi tormenti lo aspettavano e gli rendevano quel luogo non meno odioso della casa. L'atteggiamento assunto verso di lui dai ragazzi, dopo la sua gita in barca con il Saro, non si era affatto modificato; anzi aveva preso un aspetto definitivo, come fondato sopra una convinzione e un giudizio incrollabili. Egli era colui che aveva accettato quel noto e funesto favore del Saro; e nulla piú si poteva fare per cambiare quest'idea. Cosí, al primo invidioso disprezzo motivato dalla sua ricchezza, se ne era aggiunto un altro fondato sulla sua supposta corruzione. E l'uno pareva, in certo modo, in quelle menti brutali, giustificare l'altro. L'uno nascere dall'altro. Egli era ricco, sembrava che i ragazzi volessero significare con la loro umiliante e spietata condotta; dunque che c'era di sorprendente che fosse anche corrotto? Agostino fece presto a scoprire quale sottile correlazione esistesse tra le due accuse; e comprese oscuramente che pagava in tal modo la sua diversità e la sua superiorità. Diversità e superiorità sociali che si manifestavano nei panni migliori, nei discorsi sull'agiatezza di casa sua, nei gusti e nel linguaggio; diversità e superiorità morali che l'impuntavano a rigettare l'accusa dei suoi rapporti con il Saro e ad ogni momento trasparivano in un chiaro ribrezzo per i modi e le abitudini dei ragazzi. Allora, piú per suggestione dello stato umiliante in cui si trovava che per consapevole volontà, decise di essere come gli pareva che essi avrebbero voluto che fosse, ossia in tutto simile a loro. Apposta prese a indossare i vestiti piú logori e brutti che possedesse, con grande stupore di sua madre che non riconosceva piú in lui l'antica vanità; apposta smise di parlare di casa sua e delle sue ricchezze; apposta ostentò di apprezzare e gustare quei modi e quelle abitudini che tuttora lo inorridivano. Ma quel che è peggio e che gli costò una dolorosa fatica, apposta, un giorno che al solito lo beffavano per la sua gita con il Saro, dichiarò che era stanco di negare la verità, che era realmente accaduto ciò che essi dicevano e che lui non aveva alcuna difficoltà a farne il racconto. Affermazioni tutte che fecero trasalire il Saro; ma che, forse per timore di esporsi, il bagnino si guardò bene dallo smentire. Questo aperto riconoscimento della verità delle dicerie che sin'allora l'avevano straziato, dapprima ispirò un grande stupore giacché i ragazzi non si aspettavano da lui, cosí timido e schivo, un tale atto di coraggio; ma subito dopo fioccarono le domande indiscrete su come fossero andate le cose; e qui non gli resse piú l'animo: rosso e sconvolto in viso, ammutolí ad un tratto. Naturalmente i ragazzi interpretarono questo suo silenzio a modo loro; come un silenzio di vergogna e non, quale era in realtà, di incapacità a mentire e di ignoranza. E piú pesante di prima gli ricadde addosso il solito fardello di beffe e di disprezzo.

Tuttavia, nonostante questo fallimento, egli era veramente cambiato; senza che se ne accorgesse e piú per effetto del diuturno sodalizio con i ragazzi che per volontà sua, era divenuto assai simile a loro o, meglio, aveva perso gli antichi gusti senza per questo riuscire del tutto ad acquistarne dei nuovi. Piú di una volta, spinto dall'insofferenza, gli accadde di non recarsi allo stabilimento Vespucci e di ricercare i semplici compagni e i giuochi innocenti coi quali, al bagno Speranza, aveva iniziato l'estate. Ma come gli apparvero scoloriti i ragazzi bene educati che qui lo aspettavano, come noiosi i loro svaghi regolati dagli ammonimenti dei genitori e dalla sorveglianza delle governanti, come insipidi i loro discorsi sulla scuola, le collezioni dei francobolli, i libri di avventure e altre simili cose. In realtà la compagnia della banda, quel parlare sboccato, quel discorrere di donne, quell'andare rubando per i campi, quelle stesse angherie e violenze di cui era vittima, lo avevano trasformato e reso insofferente delle antiche amicizie. Gli accadde in quel torno di tempo un fatto che lo riconfermò in questa convinzione. Una mattina, giunto un po' in ritardo allo stabilimento Vespucci, non aveva trovato né il Saro allontanatosi per certe sue faccende, né la banda dei ragazzi. Malinconicamente andò a sedersi sopra un patino, in riva al mare. Ed ecco, mentre guardava alla spiaggia con desiderio di vederci almeno apparire il Saro, avvicinarsi un uomo e un ragazzo di forse due anni piú giovane di lui. L'uomo, piccolo, le gambe corte e grasse sotto la pancia sporgente, il viso rotondo in cui un paio di lenti a molla stringevano un naso appuntito, pareva un impiegato o un professore. Il bambino magro e pallido, in un costume troppo ampio, stringeva contro il petto un enorme pallone di cuoio, tutto nuovo. Tenendo per mano il figlio, l'uomo si avvicinò ad Agostino e lo guardò a lungo indeciso. Finalmente gli chiese se fosse possibile fare una passeggiata in mare. « Certo che è possibile » rispose Agostino senza esitare.

L'uomo lo considerò con diffidenza, al disopra degli occhiali e poi domandò quanto costasse un'ora di patino. Agostino, che conosceva i prezzi, glielo disse. Ora capiva che l'uomo lo scambiava per un garzone o figlio di bagnino; e ciò, in qualche modo, lo lusingava. « Allora andiamo » disse l'uomo.

Senza farselo dir due volte, Agostino prese il tronco di abete grezzo che serviva da rullo e andò a sottoporlo alla prua dell'imbarcazione. Quindi afferrate con le due mani le punte del patino, con uno sforzo raddoppiato dall'amor proprio cosí curiosamente impegnato, spinse il patino in mare. Aiutò a salire il ragazzo e il padre, balzò a sua volta e si impossessò dei remi.

Per un pezzo, su quel mare calmo e deserto della prima mattina, Agostino remò senza dir parola. Il ragazzo stringeva al petto il pallone e guardava Agostino con i suoi occhi scialbi. L'uomo, seduto goffamente, la pancia tra le gambe, girava intorno il capo sul collo grasso e pareva godersi la passeggiata. Domandò alla fine ad Agostino chi egli fosse, se garzone o figlio di bagnino. Agostino rispose che era garzone. « E quanti anni hai? » interrogò l'uomo.

« Tredici » rispose Agostino.

« Vedi » disse l'uomo rivolto al figlio, « questo ragazzo ha quasi la tua età e già lavora ». Quindi, ad Agostino: « e a scuola ci vai? ».

« Vorrei... ma come si fa? » rispose Agostino assumendo il tono ipocrita che aveva spesso visto adottare dai ragazzi della banda di fronte a simili domande; « bisogna campare, signore ».

« Vedi » tornò a dire il padre al figlio, « vedi, questo ragazzo non può andare a scuola perché deve lavorare... e tu hai il coraggio di lamentarti perché devi studiare ».

« Siamo molti in famiglia » continuò Agostino remando di lena « e tutti lavoriamo ».

« E quanto puoi guadagnare in una giornata di lavoro? » domandò l'uomo.

« Dipende » rispose Agostino; « se viene molta gente, anche venti o trenta lire ».

« Che naturalmente porti a tuo padre » lo interruppe l'uomo.

« Si capisce » rispose Agostino senza esitare « salvo s'intende quello che ricevo come mancia ».

L'uomo questa volta non se la sentí di additarlo come esempio al figliolo, ma fece un grave cenno di approvazione con il capo. Il figlio taceva, stringendo piú che mai al petto il pallone e guardando Agostino con gli occhi smorti e annacquati. « Ti piacerebbe, ragazzo », domandò ad un tratto l'uomo ad Agostino « di possedere un pallone di cuoio come questo? ».

Ora Agostino ne possedeva due di palloni, e giacevano da tempo nella sua camera, abbandonati insieme ad altri giocattoli. Tuttavia disse: « sí, certo, mi piacerebbe... ma come si fa? dobbiamo prima di tutto provvedere al necessario ».

L'uomo si voltò verso il figlio, e, piú per gioco, come pareva, che perché ne avesse realmente l'intenzione, gli disse: « Su, Piero... regala il tuo pallone a questo ragazzo che non ce l'ha ». Il figlio guardò il padre, guardò Agostino e con una specie di gelosa veemenza strinse al petto il pallone; ma senza dir parola. « Non vuoi? » domandò il padre con dolcezza, « non vuoi? ».

106

« Il pallone è mio » disse il ragazzo.

« È tuo sí... ma puoi, se lo desideri, anche regalarlo » insistette il padre; « questo povero ragazzo non ne ha mai avuto uno in vita sua... di'... non vuoi regalarglielo? ».

« No » rispose con decisione il figlio.

« Lasci stare » intervenne a questo punto Agostino con un sorriso untuoso, « io non me né farei nulla... non avrei il tempo di giocarci... lui invece... ».

Il padre sorrise a queste parole, soddisfatto di aver presentato in forma vivente un apologo morale al figliolo. « Vedi, questo ragazzo è migliore di te » soggiunse accarezzando la testa al figliolo, « è povero e tuttavia non vuole il tuo pallone... te lo lascia... ma tutte le volte che fai i capricci e ti lamenti... devi ricordarti che ci sono al mondo tanti ragazzi come questo che lavorano e non hanno mai avuto palloni né alcun altro balocco ».

« Il pallone è mio » rispose il figlio testardo.

« Sí è tuo » sospirò il padre distrattamente. Guardò l'orologio e disse: « ragazzo, torniamo a riva » con una voce mutata e del tutto padronale. Senza dir parola, Agostino voltò la prua verso la spiaggia.

Come giunsero in prossimità della riva, egli vide il Saro ritto nell'acqua che osservava con attenzione le sue manovre; e temette che il bagnino lo svergognasse svelando la sua finzione. Ma il Saro non aprí bocca, forse aveva capito; forse non gli importava; e zitto e serio aiutò Agostino a tirare a secco l'imbarcazione. « Questo è per te » disse l'uomo dando ad Agostino i soldi pattuiti e qualcosa di piú. Agostino prese i soldi e li portò al Saro. « Ma questi me li tengo per me... sono la mancia » soggiunse con compiaciuta e consapevole impudenza. Il Saro non disse nulla, sorrise appena e messi i soldi nella fascia nera che gli cingeva la pancia si allontanò lentamente verso la baracca, attraverso la spiaggia.

Questo piccolo incidente diede ad Agostino il sentimento definitivo di non appartenere piú al mondo in cui si trovavano ragazzi del genere di quello del pallone; e comunque di essersi cosí incanaglito ormai da non poterci piú vivere senza ipocrisia e fastidio. Tuttavia sentiva con dolore che non era neppure simile ai ragazzi della banda. Troppa delicatezza restava in lui; se fosse stato simile, pensava talvolta, non avrebbe sofferto tanto delle loro rudezze, delle loro sguaiataggini e della loro ottusità. Cosí si trovava ad avere perduto la primitiva condizione senza per questo essere riuscito ad acquistarne un'altra.

Un giorno di quella fine d'estate, i ragazzi della banda e Agostino si recarono in pineta per cacciare uccelli e ricercare funghi. Era questa, tra tutte le prodezze e le imprese della banda, quella che Agostino preferiva. Entravano nella pineta e a lungo camminavano per quelle naturali navate, sul suolo soffice, tra le colonne rosse dei tronchi, guardando in aria per vedere se lassú, tra i rami altissimi, qualcosa si muovesse e si rivoltasse per entro gli aghi. Allora Berto, o il Tortima, o Sandro che era il piú abile di tutti, tendevano gli elastici delle loro fionde e scagliavano certi loro sassi aguzzi verso il punto in cui gli pareva di aver sorpreso un movimento. Talvolta un passero, l'ala fracassata, piombava a terra e poi svolazzando e pigolando pietosamente saltellava e si trascinava finché uno dei ragazzi non lo afferrava e non gli schiacciava il capo tra due dita; piú spesso, però, era una caccia infruttuosa e i ragazzi se la cavavano con dei lunghi vagabondaggi per la profonda pineta, a testa riversa e occhi fissi verso l'alto, sempre piú allontanandosi e addentrandosi, finché tra i tronchi dei pini cominciava la macchia e il cespuglio spinoso e arruffato succedeva al terreno brullo e morbido di secche spoglie. Con la macchia, aveva inizio la raccolta dei funghi. Aveva piovuto un paio di giorni e la macchia era ancora bagnata con le foglie stillanti e il suolo fradicio e tutto inverdito. Nel piú folto dei cespugli, i funghi gialli, lustri di muco e di umidità, splendevano solitari e grandi o in famiglie strette di piccoli. I ragazzi li coglievano con delicatezza sporgendosi tra i rovi, passando due dita sotto i cappelli e avendo cura di tirarne via anche il gambo, intriso di terriccio e di borraccina; poi li infilavano l'uno sull'altro in certi lunghi e appuntiti sterpi di ginestra. Cosí, di macchia in macchia, ne radunavano qualche chilo, il pranzo per il Tortima che come il piú forte confiscava per sé la raccolta. Quel giorno la raccolta era stata fruttuosa, dopo molto errare avevano trovato una macchia, per cosí dire, vergine, dove i funghi crescevano fitti, l'uno presso l'altro, sul loro letto di musco. Verso il tramonto, la macchia non era stata ancora esplorata che a metà; ma era tardi e i ragazzi con parecchie schidionate di funghi e due o tre uccelli se ne tornarono pian piano verso casa.

Di solito prendevano per un sentiero che portava dritto al lungomare; ma quel giorno, inseguendo un beffardo passero che svolazzava tra i rami piú bassi dei pini e dava continuamente l'illusione di potere colpirlo facilmente, finirono per attraversare in tutta la sua lunghezza la pineta che nella propaggine orientale si addentrava alquanto dietro le case della città. Imbruniva che sbucarono dagli ultimi pini nella piazza di un quartiere periferico. Immensa, la piazza non era lastricata ma tutta sabbiosa e sparsa di mucchi di detriti e di cespugli di cardi e di ginestre tra i quali serpeggiavano malcerti e sassosi sentieri. Qualche stento oleandro cresceva irregolarmente sui lati della piazza, non c'erano marciapiedi, i pochi villini che vi sorgevano, alternavano i loro giardini polverosi a grandi spazi vuoti recinti di reticolati. Questi villini apparivano piccoli torno torno la piazza, e il cielo spalancato sull'immenso quadrilatero sembrava accrescerne il deserto e lo squallore.

I ragazzi presero in diagonale attraverso la piazza, camminando due a due come i frati. Gli ultimi della fila erano Agostino e il Tortima. Agostino portava due lunghe treccie di funghi; e il Tortima, nelle sue grosse mani, un paio di passeri dalle teste penzolanti e sanguinose.

Il Tortima, come furono sul limitare della

piazza, diede una gomitata nel fianco ad Agostino; e indicando uno di quei villini, con un tono allegro: « L'hai visto?... sai cos'è quello? ».

Agostino guardò. Era un villino molto simile agli altri. Forse piú grande, con tre piani e un tetto spiovente di scaglie d'ardesia. La facciata di un grigio affumato e triste aveva persiane bianche, tutte serrate, gli alberi del folto giardino la nascondevano quasi per intero. Il giardino non pareva grande, l'edera ricopriva il muro di cinta, attraverso il cancello si vedeva un breve viale tra due file di cespugli e, sotto una vecchia pensilina, una porta dai battenti chiusi. « Non c'è nessuno in quel villino » disse Agostino soffermandosi.

« Eh nessuno » fece l'altro ridendo; e in poche parole spiegò ad Agostino chi vi abitasse. Agostino aveva già altre volte sentito parlare dai ragazzi di queste case dove abitano soltanto donne e vi stanno chiuse tutto il giorno e la notte pronte e disposte per denaro ad accogliere chicchessia; ma era la prima volta che ne vedeva una. Le parole del Tortima ridestarono intero in lui il senso di stranezza e di stupore che aveva provato la prima volta che ne aveva sentito parlare. E come allora non aveva quasi potuto credere che potesse esistere una tale singolare comunità dispensatrice generosa e indifferen-

te di quell'amore che gli appariva cosí diffi-
cile e lontano; cosí ora la stessa incredulità
gli fece volgere gli occhi al villino come a
cercarvi sui muri le traccie dell'incredibile vita che custodiva. A contrasto con l'immagine favolosa di quelle stanze in ciascuna delle quali splendeva una nudità femminile, il
villino gli apparve singolarmente vecchio e
tetro. « Ah sí » fece fingendo indifferenza; ma
il cuore gli aveva preso a battere piú in
fretta.

« Sí » disse il Tortima, « è il piú caro della città ». E aggiunse molte particolarità sul
prezzo, il numero delle donne, la gente che ci
andava, la quantità di tempo che si poteva
rimanerci. Queste notizie quasi dispiacevano
ad Agostino sostituendo, come facevano, me-
schine precisioni all'immagine confusa e bar-
barica che si era fatta dapprima di quei luoghi proibiti. Tuttavia, fingendo un tono non-
curante di oziosa curiosità, mosse al compagno molte domande. Ché adesso, passato il
primo momento di sorpresa e di turbamento,
un'idea gli era spuntata nella mente e, osti-
nata, rivelava una sua singolare vitalità. Il
Tortima che pareva informatissimo gli forní
tutti i chiarimenti che desiderava. Cosí, chiac-
chierando, attraversarono la piazza. Sul lungomare, visto che era ormai notte, la compagnia
si sciolse. Agostino consegnò al Tortima i funghi e si avviò verso casa.

L'idea che gli era venuta era molto chiara e semplice sebbene complicate e oscure fossero le scaturigini. Egli doveva, la sera stessa, andare in quella casa e conoscervi una di quelle donne. Questo non era un desiderio o un vagheggiamento, bensí una risoluzione fermissima e quasi disperata.

Gli pareva che soltanto in questo modo sarebbe finalmente riuscito a liberarsi dalle ossessioni di cui aveva tanto sofferto in quei giorni d'estate. Conoscere una di quelle donne, pensava oscuramente, voleva dire sfatare per sempre la calunnia dei ragazzi; e nello stesso tempo tagliare definitivamente il sottile legame di sensualità sviata e torbida che tuttora lo univa a sua madre. Non se lo confessava, ma sentirsi finalmente sciolto dall'amore materno, gli appariva come lo scopo piú urgente da raggiungere. Non piú tardi di quello stesso giorno si era convinto di questa urgenza attraverso un fatto molto semplice ma significativo.

La madre e lui avevano sin'allora dormito in camere separate, ma quella sera doveva arrivare da fuori un'amica invitata dalla madre a trascorrere con loro qualche settimana. Siccome la casa era piccola, era stato deciso che l'ospite avrebbe occupato la camera di Agostino; mentre al ragazzo sarebbe stata accomodata una branda nella camera della madre. Quel mattino stesso, sotto i suoi occhi scontenti e pieni di ripugnanza, la branda era stata collocata allato al letto materno in cui, ancora disfatti e come impregnati di sonno, stavano ammucchiati i lenzuoli. Insieme con la branda erano stati trasportati i suoi panni, gli oggetti da teletta, i libri.

Ora Agostino provava un'invincibile ripugnanza a vedere accresciuta dai sonni in comune quella già tanto penosa promiscuità con sua madre. Tutto quello che ora sospettava appena, pensava, si sarebbe trovato ad un tratto, in virtú di questa nuova e maggiore intimità, esposto senza rimedio ai suoi occhi. Egli doveva, a guisa di contravveleno, presto, molto presto, frapporre tra sé e la madre l'immagine di un'altra donna a cui rivolgere se non gli sguardi almeno i pensieri. Quest'immagine che gli avrebbe fatto da schermo alla nudità della madre e, in certo modo, gliel'avrebbe spogliata di ogni femminilità restituendola alla sua antica significazione materna, doveva fornirgliela una di quelle donne della villa.

Come poi sarebbe riuscito a penetrare e a farsi ammettere in quella casa, come si sarebbe regolato per sceglersi la donna e con lei appartarsi, di tutto questo Agostino non si dava pensiero; o meglio, anche se l'avesse voluto, non avrebbe saputo immaginarlo. Perché, nonostante le informazioni del Tortima, tuttora la villa, le sue abitatrici, le cose che vi accadevano, restavano avvolte per lui in un'aria densa e improbabile come se si fosse trattato non già di concrete realtà ma di arrischiatissime ipotesi che all'ultimo momento potevano anche rivelarsi sbagliate. Il successo dell'impresa era, cosí, affidato ad un calcolo logico: se c'era la casa, c'erano anche le donne, se c'erano le donne, c'era anche la possibilità di avvicinarne una. Ma non era sicuro che la casa e le donne ci fossero, e comunque rassomigliassero all'immagine che se ne era fatta; e questo non tanto perché non prestasse fede al Tortima quanto perché gli difettavano completamente i termini del paragone. Nulla aveva mai fatto, nulla aveva mai visto che sia pure in maniera lontana e imperfetta avesse qualcosa in comune con quanto stava per intraprendere. Come un povero selvaggio cui si parli dei palazzi d'Europa e lui non sappia vederli che in forma di capanne appena piú grandi della sua, cosí egli non sapeva, per raffigurarsi quelle donne e le loro carezze, che pensare a sua madre, poca cosa e diversa; e tutto il resto era vagheggiamento, congettura, velleità.

Ma, come avviene, l'inesperienza lo faceva preoccupare soprattutto degli aspetti pratici della questione; quasi che risolvendoli avesse potuto anche risolvere il problema della complessiva irrealtà della faccenda. In particolar modo l'angustiava il fatto dei soldi.

Il Tortima gli aveva spiegato con molta precisione a quanto ammontasse la somma da pagare e a chi avrebbe dovuto pagarla; tuttavia egli non riusciva a capacitarsene. Che rapporto c'era tra il denaro, che serve di solito ad acquistare oggetti ben definiti e di qualità riscontrabile, e le carezze, la nudità, la carne femminile? Possibile che ci fosse un prezzo e che questo prezzo fosse davvero esattamente delimitato e non variasse secondo i casi? L'idea del denaro che avrebbe dato in cambio di quella vergognosa e proibita dolcezza, gli pareva strana e crudele; come un'offesa forse piacevole per chi la arrecava, ma dolorosa per chi la riceveva. Era proprio vero che doveva consegnare quel denaro direttamente alla donna e comunque in sua presenza? Gli sembrava che in qualche modo avrebbe dovuto nasconderglielo; e lasciarle l'illusione di un rapporto disinteressato. E, comunque, non era troppo esigua la somma indicatagli dal Tortima? Non c'era denaro abbastanza, pensava, per pagare un'esperienza come quella che a lui doveva concludere un periodo della vita e dischiuderne un altro.

Di fronte a questi dubbi, decise alla fine di tenersi strettamente alle informazioni del Tortima, forse fallaci, ma le sole in ogni caso su cui potesse fondare un piano d'azione. Si era fatto dire dal compagno il prezzo della visita alla villa; e la cifra non gli era sembrata superiore a quella dei suoi risparmi da lungo tempo accumulati e conservati in un salvadanaio di terracotta. A forza di spiccioli e di biglietti di piccolo taglio quella somma doveva averla certamente raggranellata e forse anche superata. Egli pensava di togliere il denaro dal salvadanaio, aspettare che sua madre fosse uscita per andare a prendere l'amica alla stazione, uscire a sua volta, correre e cercare il Tortima e con lui recarsi alla villa. I soldi poi, dovevano bastare non soltanto a lui ma anche al Tortima che sapeva povero e ad ogni modo pochissimo disposto a favorirlo senza il contraccambio di un tornaconto personale. Questo era il piano; e sebbene continuasse a vederlo disperatamente lontano e improbabile, deliberò di mandarlo ad effetto con la stessa precisione e la stessa sicurezza che se si fosse trattato di una passeggiata in barca o di qualche scorribanda nella pineta.

Eccitato, ansioso, liberato per la prima volta dal veleno del rimorso e dell'impotenza, fece quasi di corsa, attraverso la città, tutta la strada dalla piazza a casa sua. La porta di casa era serrata, ma le attigue persiane della finestra a pianterreno del salotto erano aperte. Dal salotto giungeva la musica di un pianoforte. Egli entrò. La madre sedeva davanti alla tastiera. Le due deboli lampadine del pianoforte le illuminavano il viso lasciando nell'ombra gran parte della stanza. La madre suonava dritta sopra uno sgabello senza spalliera e accanto a lei, su altro sgabello, sedeva il giovane del patino. Era la prima volta che Agostino lo vedeva in casa e un subito presentimento gli fece mancare il respiro. La madre parve avvertire in qualche modo la presenza di Agostino perché voltò la testa con un calmo gesto pieno di ignara civetteria; una civetteria, cosí almeno gli parve, rivolta piú al giovane che a lui che sembrava esserne l'oggetto. Vedutolo, ella cessò subito di suonare e lo chiamò presso di sé: « Agostino... a quest'ora ti presenti?... vieni qui ».

Egli si avvicinò lentamente pieno di ripugnanza e d'impaccio. La madre lo attirò a sé, cingendogli tutto il corpo con un braccio. Agostino vide che gli occhi della madre brillavano straordinariamente, di un fuoco giovanile e scintillante. Anche nella sua bocca pareva esitare un riso trepido che le bagnava i denti di saliva. E nel gesto di cingerlo con il braccio e di attirarlo al proprio fianco, avvertí una violenza impetuosa, una fremente gioia che quasi lo spaventarono. Erano, non poté fare a meno di pensare, espansioni che non lo riguardavano affatto. E facevano stranamente pensare alla sua eccitazione di poco prima quando, correndo per le strade della città, si era esaltato all'idea di prendere i suoi risparmi, recarsi con il Tortima alla villa e possedervi una donna.

« Dove sei stato? » continuò la madre con una voce tenera, crudele e allegra, « dove sei stato sin adesso... cattivo, cattivo che sei? ». Agostino non disse nulla, anche perché gli pareva che la madre non aspettasse alcuna risposta. A quel modo, egli pensò ancora, ella parlava talvolta al gatto di casa. Chino in avanti, le mani riunite tra le ginocchia e la sigaretta tra due dita, gli occhi non meno scintillanti di quelli della madre, il giovane lo guardava e sorrideva. « Dove sei stato? » ripeté ancora la madre, « cattivo... vagabondo che sei? ». Con la grande lunga mano calda, in una carezza di tenera e irresistibile violenza, ella gli scompigliò i capelli riconducendoglieli poi sulla fronte. « Non è vero che è un bel ragazzo? » soggiunse con fierezza rivolta al giovane.

« Bello come la madre » rispose il giovane. La madre rise pateticamente di questo semplice complimento. Turbato, pieno di vergogna, Agostino fece un gesto come per svincolarsi. « Va a lavarti » disse la madre « e fa presto perché tra poco si va a tavola ». Agostino salutò il giovane e uscí dal salotto. Subito, alle sue spalle, ripresero le note della musica al punto preciso in cui il suo ingresso le aveva interrotte.

Ma una volta nel corridoio si fermò e indugiò ad ascoltare quei suoni che le dita materne sprigionavano dalla tastiera. Il corridoio era buio e afoso, in fondo al corridoio si poteva vedere attraverso la porta aperta, nella cucina illuminata, la cuoca vestita di bianco che si muoveva lentamente nelle sue faccende tra il tavolo e i fornelli. Intanto la madre suonava e la musica pareva ad Agostino vivace, tumultuosa, oscillante, in tutto simile all'espressione dei suoi occhi mentre lo aveva tenuto stretto al suo fianco. Era proprio una musica di quel genere; ma forse era la madre che ci metteva quel tumulto, quello scintillio, quella vivacità. Tutta la casa rintronava di questa musica; e Agostino si sorprese a pensare che anche nella strada ci dovessero essere capannelli di persone ferme ad ascoltarla e a meravigliarsi della scandalosa impudicizia che traspariva in ciascuna di quelle note.

Poi, tutto ad un tratto, a metà di un accordo, i suoni si interruppero; e Agostino fu sicuro, in una maniera oscura, che l'impeto che traspariva nella musica aveva improvvisamente trovato uno sfogo piú adeguato. Mosse due passi avanti e si affacciò sulla soglia del salotto.

Quello che vide non lo meravigliò molto. Il giovane stava in piedi e baciava la donna sulla bocca. Rovesciata indietro sul basso ed esiguo sgabello, dal quale d'ogni parte traboccava il suo corpo piegato, ella teneva ancora una mano sulla tastiera e con l'altra cingeva il collo al giovane. Nella poca luce si vedeva come il corpo di lei si torcesse indietro, il petto palpitante in fuori, una gamba ripiegata e l'altra tesa a premere il pedale. A contrasto con questa violenta dedizione, il giovane pareva conservare la solita disinvoltura e compostezza. In piedi, girava un braccio sotto la nuca della donna; ma si sarebbe detto, piú per timore di vederla cadere indietro che per violenza di passione. L'altro braccio gli pendeva lungo il fianco e la mano stringeva tuttora la sigaretta. Le sue gambe vestite di bianco, ben piantate e aperte, una di qua e l'altra di là, esprimevano eguale padronanza di sé e deliberazione.

Il bacio fu lungo e parve ad Agostino che ogni volta che il giovane voleva interromperlo, la madre, con insaziata avidità, lo rinnovasse. Veramente, egli non poté fare a meno di pensare ella pareva affamata di quel bacio, come chi ne è stato troppo a lungo digiuno. Poi in un movimento che ella fece con la mano, una, due, tre note gravi e dolci suonarono nel salotto. Subito i due si separarono. Agostino mosse un passo nel salotto e disse: « mamma ».

Il giovane fece una giravolta e andò a mettersi con le due mani in tasca, a gambe larghe, sulla soglia della finestra, come assorto a guardare la strada. « Agostino » disse la madre.

Agostino si avvicinò. La madre ansimava con una tale violenza che le si vedeva distintamente il petto levarsi e abbassarsi sotto la seta del vestito. Piú che mai brillavano i suoi occhi, aveva la bocca semiaperta, i capelli in disordine, una ciocca molle e aguzza, viva come un serpente, le pendeva lungo la guancia. « Che c'è, Agostino? » ella ripeté con voce rotta e bassa accomodando alla meglio i capelli.

Agostino sentí ad un tratto una pietà tutta mescolata di ripugnanza opprimergli il cuore. « Ricomponiti » avrebbe voluto gridare a sua madre, « calmati... non ansimare a quel modo... poi parlami... ma non parlarmi con questa voce ». Invece, in fretta e quasi esagerando apposta la puerilità della voce e della sollecitudine: « mamma » domandò, « posso rompere il salvadanaio... voglio comprarmi un libro ».

« Sí, caro » ella disse e sporse una mano a fargli una carezza sulla fronte. Agostino al contatto di quella mano non poté impedirsi dal fare un balzo indietro leggero e quasi impercettibile che gli parve violento e visibilissimo. « Allora lo rompo » ripeté. E con passo leggero, senza aspettar risposta, uscí dal salotto.

Di corsa, su per i gradini scricchiolanti di sabbia, andò in camera sua. L'idea del salvadanaio non era stata che un pretesto, in verità non aveva saputo che dire di fronte alla madre cosí sconvolta. Il salvadanaio stava sul tavolo, in fondo alla stanza buia. La luce del fanale, entrando per la finestra aperta, ne illuminava la pancia rosa con quel suo largo sorriso nero. Agostino accese il lume, afferrò il salvadanaio e, con una specie di isterica violenza, lo sbatté contro il pavimento. Il salvadanaio si ruppe e fuori dal largo squarcio vomitò un mucchio di monete di ogni genere. Frammisti alle monete c'erano anche parecchi biglietti di piccolo taglio. Accosciato in terra, Agostino contò in furia i denari. Le dita gli tremavano, pur contando non poteva fare a meno di vedere sovrapposti, come confusi con le monete sparpagliate in terra, i due del salotto, la madre rovesciata indietro sul suo sgabello e il giovane chino su di lei. Contava e talvolta doveva riprendere a contare per la confusione che quell'immagine provocava nel suo animo. Ma come ebbe finito di contare, scoprí che il denaro non raggiungeva la somma di cui aveva bisogno.

Si domandò quel che dovesse fare, per un momento pensò di sottrarre i denari a sua madre, sapeva dove li teneva e nulla sarebbe stato piú facile; ma quest'idea gli ripugnava e decise finalmente di chiederli, semplicemente. Con quale pretesto? Gli parve ad un tratto di averlo trovato; nello stesso tempo udí risuonare il gong della cena. Mise in gran fretta

il suo tesoro in un cassetto e discese a pianterreno.

La madre era seduta a tavola. La finestra
era spalancata e grosse farfalle brune e pelo-
se entravano dal cortile e venivano a sbatte-
re le ali contro il paralume di vetro bianco
della lampada. Il giovane era partito e la madre era tornata alla sua solita serena dignità.
Agostino la guardò e di nuovo, come il primo
giorno che ella era uscita in mare con il giovane del patino, si meravigliò che non si vedesse su quella bocca la traccia del bacio che
pochi minuti prima ne aveva compresse e separate le labbra. Egli non avrebbe saputo dire
che sentimento provasse a questo pensiero.
Un senso di compassione per la madre a cui
quel bacio pareva essere stato cosí prezioso
e sconvolgente; e al tempo stesso un ribrezzo
forte non tanto per quello che aveva veduto
quanto per il ricordo che gliene era rimasto.
Avrebbe voluto rifiutare questo ricordo, di-
menticarlo. Possibile che dagli occhi potesse
entrare tanto turbamento e tanta mutazione?
Egli presentiva che quel ricordo gli sarebbe
per sempre rimasto impresso nella memoria.

Come ebbero finito di mangiare, la madre
si levò e salí al piano superiore. Agostino pensò che quello era il momento buono o mai piú
di chiederle il denaro. La seguí ed entrò dietro
di lei nella camera. La madre sedette davanti

allo specchio della teletta e in silenzio vi studiò il proprio viso.

« Mamma » disse Agostino.

« Che c'è? » domandò distrattamente la
madre.

« Ho bisogno di venti lire ». Tanta era
la somma che mancava.

« Perché? ».

« Per comperare un libro ».

« Ma non avevi detto » domandò la madre
passandosi pian piano il piumino della cipria
sul viso, « che volevi rompere il salvadanaio? ».

Agostino ebbe apposta una frase puerile.
« Sí... ma se lo rompo, allora non ho piú
soldi da parte... vorrei comprare il libro e
non rompere il salvadanaio... »

La madre rise, con affetto. « Sei sempre il
solito bambino ». Ella si guardò ancora un
momento nello specchio, quindi soggiunse:
« Nella borsa... sul letto, ci deve essere il portamonete... prendi pure le venti lire e rimetti
dentro il portamonete ».

Agostino andò al letto, aprí la borsa, ne
trasse il portamonete e da questo le venti lire. Quindi, stringendo in pugno i due biglietti, si gettò sulla branda preparata per lui accanto al letto materno. La madre aveva finito
di acconciarsi. Ella si levò dalla teletta e gli
venne accanto. « Che cosa farai ora? ». « Ora
leggerò questo libro » disse Agostino pren

dendo a caso dal comodino un romanzo di avventure e aprendolo sopra un'illustrazione.

« Bravo... ma ricordati, prima di coricarti, di spegnere la luce ». La madre fece ancora qualche preparativo aggirandosi per la stanza. Supino, il braccio sotto la nuca, Agostino la guardò. Ora sentiva confusamente che non era mai stata cosí bella come quella sera. Il vestito bianco, di seta brillante, dava uno spicco straordinario al colore bruno e caldo della carnagione. Per un'inconsapevole riaffioramento dell'antico carattere, ella pareva in quel momento aver ritrovato tutta la dolce e serena maestà del suo portamento di un tempo; ma con in piú non si capiva che profondo, sensuale respiro di felicità. Ella era grande, ma parve ad Agostino di non averla mai veduta cosí grande, da riempire di sé tutta la stanza. Bianca nell'ombra della camera, ella si muoveva con maestà, il capo eretto sul bel collo, gli occhi neri e tranquilli intenti sotto la fronte serena. Poi spense tutte le lampade fuorché quella del comodino e si chinò a baciare il figlio. Agostino sentí ancora una volta intorno a sé il profumo che ben conosceva; e sfiorandole il collo con le labbra non poté fare a meno di domandarsi se quelle donne, laggiú nella villa, fossero altrettanto belle e cosí profumate.

Rimasto solo, Agostino aspettò una decina di minuti che la madre si fosse allontanata.

Poi discese dalla branda, spense la luce e in punta di piedi andò nella stanza attigua. Cercò a tastoni il tavolo presso la finestra, aprí il cassetto e si riempí le tasche delle monete e dei biglietti. Finito che ebbe, passò in lungo e in largo una mano nel cassetto per vedere se fosse veramente vuoto; e uscí dalla stanza.

Come fu nella strada, prese a correre. Il Tortima abitava quasi all'altro capo della città in un quartiere di calafati e di marinai; e sebbene la città fosse piccola, era sempre un bel tratto. Prese per le strade oscure, a ridosso della pineta, e ora camminando in fretta e ora addirittura correndo, andò dritto sino a quando non vide spuntare tra le case le alberature dei velieri attraccati nella darsena. La casa del Tortima sorgeva sulla darsena, al di là del ponte apribile di ferro che scavalcava il canale del porto. Di giorno era un luogo antico e decaduto, con casupole e bottegucce allineate su ampie banchine deserte e piene di sole, odore di pesce e di catrame, acque verdi e oleose, gru immobili e chiatte piene di brecciame. Ma ora, la notte lo rendeva simile a tutti gli altri luoghi della città; e soltanto un gran veliero, sopravanzando i marciapiedi con tutti i fianchi e le alberature, rivelava la presenza delle acque portuali profondamente incassate tra le case. Era un veliero lungo e bruno; molto in su tra i cordami si vedevano brillare le stelle; secondo il flusso ed il riflusso del canale pareva che tutta l'alberatura e la massa dello scafo si muovessero appena, silenziosamente. Agostino passò il ponte e si diresse verso la fila delle case sulla sponda opposta del canale. Qualche fanale illuminava inegualmente le facciate di queste casupole, Agostino si fermò sotto una finestra spalancata e illuminata da cui partiva un rumore di voci e di stoviglie come di gente che stesse pranzando; e, portata una mano alla bocca, modulò un fischio forte e due piú sottili che era un segnale convenuto tra i ragazzi della banda. Quasi subito qualcuno si affacciò alla finestra. « Sono io, Pisa » disse Agostino con voce bassa e intimidita ». « Vengo » rispose il Tortima, poiché era proprio lui.

Il Tortima discese e gli si presentò con un viso tutto congestionato dal vino bevuto, masticando ancora il boccone. « Sono venuto per andare a quella villa » disse Agostino, « ho qui i soldi... per tutti e due ».

Il Tortima inghiottí con sforzo e lo guardò. « Quella villa... in fondo alla piazza » ripeté Agostino « dove ci sono le donne ».

« Ah » fece il Tortima comprendendo finalmente, « ci hai ripensato... bravo Pisa... ora vengo subito con te ». Egli corse via e Agostino rimase nella strada a camminare in su e in giú, gli occhi rivolti alla finestra del Tortima. Costui lo fece aspettare un pezzo e quando si ripresentò, Agostino quasi non lo riconobbe. L'aveva sempre visto ragazzotto in pantaloni rimboccati, oppure seminudo sulla spiaggia e in mare. Ora gli era davanti una specie di giovane operaio nei vestiti scuri della festa, pantaloni lunghi, giubba, colletto, cravatta. Pareva piú vecchio, anche per via della pomata con cui aveva reso lisci e compatti i suoi capelli di solito arruffati; e nei panni lindi e comuni rivelava per la prima volta agli occhi di Agostino una sua qualità melensamente cittadina.

« Ora andiamo » disse il Tortima avviandosi.

« Ma è l'ora? » domandò Agostino correndogli a fianco e imboccando con lui il ponte di ferro.

« È sempre l'ora lí » rispose il Tortima con un riso.

Presero per strade diverse da quelle che Agostino aveva percorso venendo. La piazza non era molto lontana, appena due strade piú in là. « Ma tu ci sei già stato? » domandò Agostino.

« In quello lí no ».

Il Tortima non pareva aver fretta e il suo passo era quello consueto. « Ora hanno appena finito di mangiare e non ci sarà nessuno » spiegò, « è il momento buono ».

« Perché? » domandò Agostino.

« Oh bella, perché cosí potremo scegliere a nostro agio quella che piú ci piace ».

« Ma quante sono? ».

« Eh saranno quattro o cinque ». Agostino avrebbe voluto domandare se erano belle ma si trattenne. « Ma come si fa? » interrogò. Il Tortima gliel'aveva già detto; ma permanendo in lui quel senso invincibile di irrealtà, provava il bisogno di sentirselo riconfermare.

« Come si fa? » disse il Tortima, « è semplicissimo... si va dentro... poi loro si presentano... si dice: buonasera signorine... si finge di chiacchierare un poco, tanto per avere il tempo di guardarle ben bene... poi se ne sceglie una... è la prima volta eh? ».

« Veramente... » incominciò un po' vergognoso.

« Va là » disse il Tortima con brutalità, « non vorrai mica dirmi che non è la prima volta... queste frottole raccontale agli altri, non a me... ma non temere » soggiunse con un accento curioso.

« Come sarebbe a dire? ».

« Non temere dico... la donna fa tutto lei... lascia fare a lei... ».

Agostino non disse nulla. Quest'immagine evocata dal Tortima, della donna che l'avrebbe introdotto all'amore gli piaceva e gli riusciva dolce e quasi materna. Tuttavia, nonostante queste informazioni sussisteva in lui

l'incredulità. « Ma... ma... mi vorranno a me »
domandò fermandosi e dando un'occhiata alle
sue gambe nude.

La domanda parve per un momento imba-
razzare il Tortima. « Ora andiamo » disse con
una falsa disinvoltura, « poi, una volta lí, si
troverà il modo di farti passare... ».

Da una straducola sbucarono nella piazza.
Tutta la piazza era al buio salvo un angolo
dove un fanale illuminava della sua luce tran-
quilla un gran tratto di terreno sabbioso e
ineguale. Nel cielo, proprio, si sarebbe detto,
al di sopra della piazza, una falce di luna pendeva rossa e fumosa tagliata in due da un
sottile filamento di nebbia. Dove l'oscurità
era piú fitta. Agostino scoprí la villa ricono-
scendola dalle persiane bianche. Erano tutte
serrate e non un filo di luce ne trapelava. Il
Tortima si diresse con sicurezza verso la villa.
Ma come furono nel mezzo della piazza, sotto
la falce della luna, disse ad Agostino: « dammi i soldi... è meglio che li tenga io ».

« Ma io » incominciò Agostino che non si
fidava del Tortima. « Vuoi darmeli sí o no »
insistette il Tortima brutalmente. Agostino
vergognoso per tutti quegli spiccioli, obbedí
e vuotò le tasche nelle mani del compagno.
« Ora chiudi la bocca e seguimi » disse il
Tortima.

Avvicinandosi alla villa, le tenebre si schia-
rirono, apparvero i due pilastri del cancello,

il viale e il portone sotto la pensilina. Il cancello era accostato, il Tortima lo spinse ed entrò nel giardino. Anche la porta era socchiusa, il Tortima salí i gradini e dopo aver fatto ad Agostino un cenno di silenzio, entrò. Si rivelò agli occhi incuriositi di Agostino un breve vestibolo affatto nudo in fondo al quale una porta a due battenti, dai vetri rossi e azzurri, splendeva di luce chiara. Il loro ingresso aveva scatenato una suoneria scampanellante, quasi subito un'ombra massiccia come di una persona seduta che si alzi, si profilò dietro i vetri e una donna comparve tra i due battenti. Era una specie di cameriera, corpulenta e matura, con un vasto petto vestito di nero e un grembiale bianco legato alla cintola. Comparve avanzando il ventre, le braccia penzolanti, il viso gonfio immusonito e sospettoso sotto la sporgenza dei capelli. « Siamo qui » disse il Tortima. Dalla voce e dall'atteggiamento, Agostino comprese che anche il Tortima, di solito cosí spavaldo, era intimidito.

La donna li scrutò un momento senza benevolenza, quindi, in silenzio, accennò al Tortima, come per invitarlo a passare. Il Tortima sorrise rinfrancato e si slanciò verso la porta a vetri. Agostino fece per seguirlo. « Tu no » disse la donna fermandolo per la spalla.

« Come » domandò Agostino perdendo ad un tratto la timidezza: « lui sí e io no? ».

« Veramente nessuno dei due » disse la donna guardandolo fisso, « ma passi per lui... tu no ».

« Sei troppo piccolo, Pisa » disse il Tortima beffardo. E spinta la porta a battenti scomparve. La sua ombra tozza si disegnò per un momento dietro i vetri quindi svaní in quella luce splendente.

« Ma io » insistette Agostino esasperato dal tradimento del Tortima.

« Via ragazzo... torna a casa » disse la donna. Ella andò alla porta, la spalancò, e si trovò faccia a faccia con due uomini che entravano. « Buona sera... buona sera » disse il primo di quelli, un uomo dalla faccia rossa e gioviale. « Siamo intesi eh » soggiunse rivolto al compagno, un biondo smilzo e pallido, « se la Pina è libera, la prendo io... non facciamo scherzi ».

« Siamo intesi » disse quello.

« E questo qui che vuole? » domandò l'uomo gioviale alla donna, indicando Agostino.

« Voleva entrare » disse la donna. Un sorriso adulatorio le si disegnò sulle labbra.

« Volevi entrare » gridò l'uomo rivolto ad Agostino, « volevi entrare? alla tua età a quest'ora si sta a casa... a casa... a casa » gridò agitando le braccia.

« È quello che gli ho detto » rispose la donna.

« E se lo facessimo entrare? » osservò il

biondo: « io alla sua età facevo già all'amore con la serva ».

« Macché... a casa..., a casa » gridò l'uomo infatuato. « A casa ». Seguito dal biondo, si ingolfò oltre la porta i cui battenti sbatterono con violenza. Agostino, senza neppur rendersi conto di come fosse avvenuto, si trovò di fuori, nel giardino.

Cosí tutto era finito male, pensò, il Tortima l'aveva tradito prendendogli i quattrini e lui era stato scacciato. Non sapendo che fare, retrocedette sul viale guardando alla porta socchiusa, alla pensilina, alla facciata che la sormontava con tutte le sue bianche persiane serrate. Provava un senso bruciante di disappunto, soprattutto per via di quei due che l'avevano trattato a quel modo, come un bambino. Gli strilli dell'uomo gioviale, la benevolenza fredda e sperimentale del biondo, gli parevano non meno umilianti della smorta e inespressiva ostilità della guardiana. Sempre retrocedendo, guardandosi intorno e spiando gli alberi e i cespugli del buio giardino, si avviò verso il cancello. Ma qui osservò che tutta una parte del giardino, sul lato sinistro della villa, appariva illuminata da una luce forte che sembrava partire da una finestra aperta del pianterreno. Gli venne in mente che attraverso quella finestra avrebbe potuto almeno gettare uno sguardo nella villa; e procurando di far meno rumore che fosse possibile si avvicinò alla luce.

Come aveva pensato era una finestra a pianterreno, spalancata. Il davanzale non era alto, pian piano, tenendosi all'angolo dove aveva minore probabilità di essere veduto, egli si accostò e spinse dentro gli sguardi.

La stanza era piccola e fortemente illuminata. Le pareti erano tappezzate di una vistosa carta a grossi fiorami verdi e neri. Di fronte alla finestra una tenda rossa assicurata con anelli di legno ad una stecca di ottone, pareva nascondere una porta. Non c'erano mobili, qualcuno sedeva in un canto, dalla parte della finestra, se ne vedevano soltanto i piedi allungati fin quasi in mezzo alla stanza, accavallati, calzati di scarpe gialle, piedi come pensò Agostino, di un uomo sdraiato comodamente in una poltrona. Agostino deluso stava per ritirarsi quando la tenda si sollevò e una donna comparve.

Ella indossava una ampia veste di velo azzurrino che rammentò ad Agostino le camicie materne. La veste, trasparente, giungeva fino ai piedi; in quel velo, le membra della donna viste come in acqua marina, si disegnavano pallide e lunghe, quasi fluttanti di curve indolenti intorno la macchia scura del grembo. La veste, per una bizzarria che colpí Agostino, si allargava sul petto di una scollatura ovale che le giungeva fino alla cintola e i seni

che aveva tondi e gonfi ne sporgevano quasi
con difficoltà, nudi e serrati l'uno contro l'altro; poi la veste che li circondava con molte
pieghe fitte si ricongiungeva al collo. Ella aveva i capelli disfatti sulle spalle, ondosi e bru-
ni e un largo viso piatto e pallido, di una
puerilità viziata, con un'espressione capricciosa negli occhi stanchi e nella bocca dalle labbra arricciate e dipinte. Le mani dietro la
schiena, il petto in fuori, ella uscì dalla tenda
e per un lungo momento, in atteggiamento di
attesa, stette ritta e immobile, senza parlare.
Pareva guardare l'angolo in cui stava l'uomo
i cui piedi si scorgevano accavallati nel mezzo della stanza. Quindi in silenzio come era
venuta, voltò la schiena, sollevò la tenda e
scomparve. Quasi subito i piedi dell'uomo
si ritirarono dalla vista di Agostino; ci fu
come il rumore di qualcuno che si alzasse;
Agostino impaurito si ritirò dalla finestra.

Tornò sul viale, spinse il cancello e uscì
sulla piazza. Adesso provava un senso forte
di delusione per il fallimento di questo suo
tentativo; e al tempo stesso quasi un terrore
per quel che l'aspettava nei giorni avvenire.
Nulla era accaduto, pensava, egli non aveva
potuto possedere alcuna donna, il Tortima gli
aveva portato via i soldi e il giorno dopo sarebbero ricominciate le beffe dei ragazzi e il
tormento impuro dei rapporti con sua madre.
Era vero che aveva veduto per un momento

la donna desiderata ritta nella sua veste di velo, il petto nudo; ma intuiva oscuramente che questa immagine insufficiente e ambigua sarebbe stata la sola ad accompagnarlo nel ricordo per lunghi anni avvenire. Erano infatti anni e anni che si frapponevano, vuoti e infelici, tra lui e quell'esperienza liberatrice. Non prima che avesse avuto l'età del Tortima, pensava, avrebbe potuto sciogliersi una volta per sempre dall'opaco impaccio di questa sua sgraziata età di transizione. Ma intanto bisognava continuare a vivere nel solito modo; e a questo pensiero sentiva tutto il suo animo ribellarsi come per il senso amaro di un'impossibilità definitiva.

Giunto a casa, entrò senza far rumore, vide nell'ingresso le valige dell'ospite, udí parlare in salotto. Allora salí la scala e andò a gettarsi sulla branda, nella camera della madre. Qui, al buio, tirando via con rabbia i panni, e gettandoli sul pavimento, si spogliò e si mise sotto il lenzuolo. Poi aspettò, gli occhi sbarrati nell'oscurità.

Attese un pezzo, gli parve ad un certo momento di assopirsi e dormí davvero. Ad un tratto si destò di soprassalto. La lampada era accesa e illuminava di schiena la madre che in camicia, un ginocchio sul letto, si apprestava a coricarsi. « Mamma » disse subito con voce forte e quasi violenta.

La madre si voltò, gli venne accanto. « Che

c'è? » domandò, « che hai caro? ». Anche
la sua camicia era trasparente, come la veste
della donna alla villa; e il corpo vi si dise-
gnava come quell'altro corpo, in linea ed
ombre imprecise. « Vorrei partire domani »
disse Agostino sempre con quella sua voce forte ed esasperata, cercando di guardare non al
corpo ma al viso della madre.

La madre sorpresa sedette sul letto e lo
guardò. « Perché... che hai? non ti trovi bene
qui? ».

« Vorrei partire domani » egli ripeté.

« Vediamo » disse la madre passandogli di-
scretamente una mano sulla fronte, quasi a-
vesse temuto che fosse febbricitante, « che
hai... non ti senti bene?... perché vuoi partire? ».

Agostino non disse nulla. La camicia della
madre ricordava proprio la veste della donna
della villa, stessa trasparenza, stesso pallore
della carne indolente e offerta; soltanto che
la camicia era spiegazzata e pareva rendere
ancor piú intima e furtiva quella vista. Cosí,
pensò Agostino, non soltanto l'immagine della donna della villa non si frapponeva come
uno schermo tra lui e la madre, come aveva
sperato, ma confermava in qualche modo la
femminilità di quest'ultima. « Perché vuoi
partire? » ella gli domandò ancora, « non stai
bene con me? ».

« Tu mi tratti sempre come un bambino »

disse ad un tratto Agostino, non sapeva neppur lui perché.

La madre rise e gli accarezzò una guancia « Ebbene, d'ora in poi ti tratterò come un uomo... va bene cosí? e ora dormi... è molto tardi ». Ella si chinò e lo baciò. Spento il lume, Agostino la sentí coricarsi nel letto.

Come un uomo, non poté fare a meno di pensare prima di addormentarsi. Ma non era un uomo; e molto tempo infelice sarebbe passato prima che lo fosse.

I GRANDI Tascabili Bompiani
Periodico settimanale anno XII numero 245 - 16/11/1992
Registr. Tribunale di Milano n. 269 del 10/7/1981
Direttore responsabile: Giovanni Giovannini
Finito di stampare nel mese di gennaio 1993
presso lo stabilimento Allestimenti Grafici Sud
Via Cancelliera 46, Ariccia RM
Printed in Italy

L. 10.000